GASPARD, ENTRE TERRE ET CIEL

MARIE-AXELLE
ET BENOIT CLERMONT

GASPARD,
ENTRE TERRE ET CIEL

LES ÉDITIONS DU CERF

Vaincre les maladies lysosomales est une association loi 1901 créée en 1990 permettant aux personnes concernées par l'une des 50 maladies lysosomales de faire entendre sa voix, de mutualiser les investissements dans la recherche scientifique et médicale et d'être accompagné et soutenu dans leur combat quotidien.
Pour en savoir plus : www.vml-asso.org

www.editionsducerf.fr
24, rue des Tanneries
75013 Paris

ISBN 978-2-204-12539-0

Pour Gabriel(le), Arthur, Sibylle, Louise et Gaspard.

La vie est un grand lever de soleil, dit l'homme. Je ne vois pas pourquoi la mort ne pourrait pas en être un autre, encore plus grand.

VLADIMIR NABOKOV

Ce 1er février 2017, vers dix-sept heures, j'appelle mon mari. Je pressens que notre fils Gaspard va mourir. Benoit est au travail. Il me répond depuis la salle des imprimantes (étonnant comme la mémoire se souvient parfois de certains détails). Je lui dis de venir le plus vite possible. En deux ans et demi de maladie, c'est bien la première fois que je lui demande de rentrer à la maison. Je raccroche. Gaspard est calme, apaisé. Je sens que l'heure est venue. Gaspard va mourir maintenant, avec moi. Mon mari n'arrivera pas à temps. Je le rappelle et lui propose de parler à notre fils, de lui dire tout ce qu'il veut lui confier. Je mets le haut-parleur, j'approche l'écouteur de l'oreille de Gaspard. Je retiens mon souffle en regardant mon petit garçon recueillir les dernières paroles de son papa. Je vis le moment ainsi : de manière saccadée, presque mécanique. J'ai mille fois imaginé cet instant et pourtant... c'est encore autrement. Je perds toute notion du temps.

Je réitère l'opération avec ses grands-parents. Je leur annonce que Gaspard vit ses dernières minutes. J'agis vite, pour que chacun puisse lui transmettre son message avant qu'il rejoigne l'au-delà. Gaspard nous entend. Je le sais. Mes parents lui chantent une comptine qu'ils me fredonnaient lorsque j'étais enfant. Je pleure en les écoutant. Gaspard esquisse un sourire. Je vois combien les entendre ravit son âme. Mon beau-père lui parle également.

Bienheureuse technologie qui, à l'heure de la mort, permet à Benoit et nos parents d'entourer Gaspard, de s'unir à lui.

L'extrémité de ses doigts se met à blanchir. Je vois son visage bleuir et rougir à la fois. Lui qui est toujours si pâle. Gaspard expire sans bruit, dans un seul souffle, accompagné de mes *Je t'aime*, sa main dans la mienne.

Je me dis : « Alors ce n'est que cela, ce que je redoutais tant ? »

Je te remercie, Gaspard, de m'avoir montré que ce moment pouvait être si doux. J'avais tant espéré qu'il le soit pour toi. Cet instant est la plus grande leçon que la vie m'ait donnée jusqu'ici.

Comment *bien* mourir ? « Accompagné » est ma première réponse. J'ai lu un jour que la mort n'est qu'une marche. Je n'avais pas bien saisi alors le sens de cette phrase. Elle me paraît plus claire maintenant. Mourir, c'est entrer dans la lumière. Mourir, c'est passer dans l'autre vie. Celle où nous sommes assurés de trouver le vrai bonheur. C'est ce que je crois, c'est ce que j'espère.

Je me lève et vais chercher Louise dans son bain. Emmaillotée dans sa serviette de toilette, elle vient, dans mes bras, embrasser son petit frère. Elle est assise sur mes genoux, je lui parle de la mort, celle de Gaspard.

Peu après, Arthur et Sibylle tournent la clef dans la serrure et s'approchent à leur tour. Benoit rentre, lui aussi, quelques minutes plus tard.

Maintenant que l'heure de la mort est passée, il est temps de se recueillir en famille, de pleurer ensemble cette vie terrestre désormais éteinte. Il est temps de veiller le corps de Gaspard et de prier son âme. J'aime à dire qu'il est parti un mercredi... n'est-ce pas la journée des enfants ?

☆

Ce jour-là, comme tous les mercredis, c'est la course. Il faut aller chercher les enfants à l'école pour le déjeuner, les activités extrascolaires s'enchaînent : le temps file à toute allure.

Ta grand-mère est venue me prêter main-forte pour assurer les trajets à la danse et te garder toi, mon Gaspard, pendant le rendez-vous de Louise chez le dentiste.

La veille, ton infirmière Évelyne a noté sur la fiche de visite, toujours si scrupuleusement remplie : « Les sécrétions bronchiques qui le gênent, par le nez, nécessitent de rester à côté non-stop pour ôter les lunettes d'oxygène et aspirer. » Il faut donc te veiller pour te permettre de mieux respirer.

Depuis dix-huit jours maintenant, tu es froid et ton teint est si pâle. Pourtant tu es toujours là, présent. Tes yeux se tournent encore vers celui qui te parle. Ton corps est inerte, mais ton visage reste expressif pour qui t'observe attentivement.

Tes lèvres esquissent encore quelques sourires, tes yeux s'agrandissent sous l'effet de la surprise ou du mécontentement. Je te laisse, confiante. Je sais que tu es entre de bonnes mains. Ce temps passé avec ta grand-mère restera un moment précieux pour vous deux. Je vous laisse ce trésor. Rien qu'à vous.

Lorsque Louise et moi rentrons deux heures plus tard, il est temps de courir à la bibliothèque pour rendre les livres du mois passé. Arthur et Sibylle partent accompagnés de Bonne-Maman. Quant à moi, je reste près de toi avec Louise.

Tu es calme, apaisé : j'avais prié pour que tes angoisses te libèrent à l'heure de la mort. J'ai l'intuition que tu es prêt.

Je demande à Louise d'aller prendre son bain. Je m'assois près de toi, tout contre toi. Mes pensées se tournent vers un autre petit garçon nouvellement diagnostiqué d'une maladie dégénérative. J'écris un message à sa maman. Et j'entends ta respiration soudainement longue et bruyante. Jusqu'à cet instant précis, j'avais l'intuition que tu partirais le 2 février, le jour de la fête de la Lumière, qu'on appelle plus communément la Chandeleur. Je trouvais que c'était une belle date. Parce que tu as été, sur cette Terre, aussi précieux que la lumière. Tu t'es révélé fort par ta faiblesse. Tu as été lumineux car tu as vécu dans l'ombre, tout-petit et inutile, et pourtant si éclatant.

J'ai prié pour que tu meures un jour où je pourrais être consolée. J'ai prié pour que tu meures un jour où tu ne serais pas seul. Le verbe « consoler », *cumsolis*, ne signifie-t-il pas « être avec celui qui est seul » ?

Depuis que l'on nous a annoncé la maladie de Gaspard et sa très brève espérance de vie, je me suis préparé au jour de sa mort. J'ai envisagé toutes les possibilités pour ne pas m'écrouler, pour être capable d'assumer mon rôle de mari et de père : celui qui tient la baraque en quelque sorte, aussi bien que possible. Préparer l'abysse de l'après, cet après qui nous effraie tant. J'ai longtemps pensé que Marie-Axelle s'effondrerait après le décès de Gaspard. Il me paraissait impossible qu'elle puisse faire preuve encore d'autant de courage et de force morale. Les efforts accumulés jusqu'alors allaient inévitablement provoquer chez elle une sorte de contrecoup. Elle ne supporterait pas l'absence. C'était ma théorie. Une fois encore, l'avenir allait me montrer à quel point j'avais tort...

Mais une chose me tourmente particulièrement et, chaque soir depuis l'annonce du diagnostic, dans le silence de mon cœur à cœur avec le « Patron », je le supplie de ne pas laisser Gaspard seul au moment de sa mort, et de faire en sorte qu'il ne souffre pas en partant. C'est une idée qui m'est absolument insupportable. Elle me tord les boyaux d'une manière irrationnelle. J'en fais souvent le cauchemar.

Lorsque j'ai su que Marie-Axelle avait recueilli paisiblement son dernier souffle, dans l'intimité et le calme de sa petite chambre d'enfant, ce fut immédiatement une immense consolation. Je suis persuadé que Gaspard a senti la présence de celle qui lui avait tout donné depuis le jour de sa naissance, de celle qui avait souffert avec lui chaque jour et qui l'avait aimé d'un amour aussi incommensurable que fusionnel. Rassuré, il pouvait partir. Gaspard a rendu l'âme sereinement, sans souffrance, sa petite main dans celle de sa maman. Pas dans la mienne, mais peu importe finalement.

Pourtant, lorsque je quitte la maison ce mercredi, je ne suis pas plus inquiet que les jours précédents. Ce matin-là ressemble aux quinze jours qui viennent de s'écouler : Gaspard a une température corporelle anormalement basse, mais l'héroïsme dont il fait preuve dans son combat me laisse penser que je le retrouverai en rentrant le soir.

Exceptionnellement ce jour-là, je ne prends pas mon scooter et j'emprunte les transports en commun pour me rendre au boulot. Il pleut à torrent et je ne veux pas courir de risques inutiles. En trois ans, c'est la deuxième fois seulement.

Aussitôt raccroché avec Marie-Axelle qui m'avertit de l'état critique de Gaspard, je saute dans un taxi. Au téléphone, je murmure alors à Gaspard à quel point je suis fier de lui, car je redoute d'arriver trop tard. Et d'autres choses aussi, que je garde pour moi.

– Faites vite s'il vous plaît, mon petit garçon est en train de mourir... C'est une question de minutes !

– Je vais faire aussi vite que possible. Vous savez, j'ai moi aussi perdu un fils d'une leucémie, alors je sais ce que c'est.

Quelques minutes plus tard :

– Vous pouvez ralentir, Monsieur. C'est terminé, mon petit bonhomme est décédé, ma femme vient de me l'annoncer au téléphone.

Merci Gaspard de m'avoir empêché de prendre mon scooter ce matin-là. Merci d'avoir mis sur ma route ce chauffeur de taxi. Depuis, je crois encore moins au hasard...

☆

À mon arrivée à la maison, je suis saisi par le calme et la sérénité de Marie-Axelle et des enfants. Tous les quatre veillent Gaspard. Il est superbe. Tous sont superbes. Une dignité incroyable. Arthur caresse le dos de Sibylle avec tendresse. Louise se love contre sa maman. Lorsque mes lèvres se posent enfin sur les joues de Gaspard, je suis moi aussi rempli de paix et de sérénité. Voilà, sa vie terrestre est désormais terminée, ses souffrances aussi. Je suis immensément fier de lui. Immensément triste aussi, mais paisible et serein. Je n'explique toujours pas le décalage entre l'horreur de la situation et la paix qui se dégage alors de chacun d'entre nous, y compris de nos enfants, âgés alors de dix, huit et six ans. Nous sommes ailleurs, peut-être pour essayer (déjà) d'être en union avec l'âme de notre petit prince. Nous restons un long moment tous les six, dans sa chambre, sans parler, sans musique, sans bruit. Ces instants d'une intensité incroyable nous permettent de réaliser ce qui vient de se passer, de commencer à appréhender l'indicible. Gaspard, qui défie la mort depuis quarante et un mois avec un courage extraordinaire, vient de perdre son combat contre la maladie. C'est terminé.

Nous l'avons accompagné jusqu'au bout, sans rien précipiter, sans nous acharner non plus à rajouter des jours et des jours à sa petite vie souffrante. Nous l'avons aimé jusqu'à son dernier souffle, parce qu'il était notre fils et parce qu'il était digne d'être aimé jusqu'à la fin. Nous n'avons rien fait pour l'aider à partir : nous ne voulions le priver d'aucun moment d'amour. Nous aurions pu le faire pour nous éviter, à nous ses parents, de souffrir encore et encore. Mais Gaspard méritait de mourir comme le héros qu'il était, humble et fier d'avoir mené sa vie jusqu'à son terme. Aimé jusqu'au bout. Sa mort aussi aura été une leçon de vie.

☆

Louise, un jour, du haut de ses cinq ans, nous a dit : « Gaspard, sur la terre, il ne nous voit pas, mais nous, on le voit et on veille sur lui. Quand il sera au ciel, ce sera l'inverse : nous, on ne le verra plus, mais lui nous verra et il veillera alors sur nous. » Voilà parfaitement résumée l'espérance qui est la nôtre depuis le 1er février 2017.

De ces dernières semaines de vie de Gaspard, nous avons appris que la vie est véritablement un mystère insondable. Et la sienne tout particulièrement. Deux semaines avant son décès, sa vie semblait déjà ne plus tenir qu'à un fil. « Il devrait partir d'ici un à trois jours », nous disait-on.

Nous nous étions préparés. Sa vie paraissait avoir été « entière », il avait reçu tout ce que nous pouvions lui donner ici-bas. Nous avions accepté son départ. Au fond de nous, une petite voix disait même « c'est bien que cela se passe de cette façon ».

Cela faisait longtemps déjà que nous ne demandions plus dans nos prières que la vie de Gaspard se prolonge encore et toujours. Ce dont nous rêvions désormais, c'était qu'il ne souffre pas. Nous demandions aussi la grâce d'avoir tous les cinq une vie à la hauteur de la sienne. Pour le rejoindre là-haut.

Ces derniers jours furent si particuliers. Ils nous ont appris à nous abandonner totalement et à accepter l'idée que nous ne maîtrisons ni la vie de notre petit gars ni celle de nos autres enfants. Tous sont libres. La durée de leur vie et leur bonheur même ne nous appartiennent pas. Nous n'avons qu'un devoir : les aimer. Le reste ne dépend pas de nous.

> Si tu m'apprivoises, nous aurons besoin l'un de l'autre. Tu seras pour moi unique au monde. Je serai pour toi unique au monde.
>
> ANTOINE DE SAINT-EXUPÉRY

Gaspard naît le 30 août 2013, dans la joie. Il est attendu par son papa, militaire, rentré depuis peu de mission. Il est attendu par sa maman, si fière de donner la vie à un deuxième petit garçon.

Le jour de sa naissance, je pars seule, au volant de notre voiture familiale, confiante, laissant nos trois aînés avec leur grand-mère. Mes contractions se rapprochent, je me rends vite à la maternité. Benoit, tout juste arrivé au travail, à trente kilomètres de là, vient à la hâte me rejoindre à la clinique. Nous attendons toute la journée. Nous sommes heureux de devenir parents une quatrième fois. Nous nous amusons à marcher dans le petit jardin pour faire venir l'accouchement. Je monte et descends les escaliers de la maternité, sous un beau soleil, mon bébé encore bien au chaud en mon sein.

Ces trois premiers jours à la clinique restent dans ma mémoire comme un temps béni, un moment que je chéris précieusement dans mon cœur.

Je dis souvent : « J'étais si fière... » Une fierté assez mal placée sans doute. Celle que l'on ressent lorsqu'on pense avoir accompli un acte glorieux, sans se soucier que cette fierté peut irriter, voire agacer. Une fierté trop pompeuse pour être vraie. J'aurai mille fois raison d'être « mieux » fière plus tard. Pourtant, j'emploie naturellement le passé : « J'étais si fière... » Non que je ne l'ai plus été par la suite, mais parce que avec le recul des années, je reconnais ce que cette fierté avait de superficielle.

Le soir du premier jour du reste de sa vie, Arthur, Sibylle et Louise viennent faire la connaissance de Gaspard. Ils sont heureux de l'admirer dans son berceau et de prononcer son prénom pour la première fois.

Chacun à leur tour ils le prennent dans leurs bras, ils posent pour la photo qui fixera pour toujours cet instant de fraternité. Venus chargés de cadeaux, nos trois aînés offrent religieusement à Gaspard un lapin et un ours en peluche à déposer au fond du berceau. C'est un rituel important. En un sens, eux aussi naissent ce 30 août : ils changent de statut, ils deviennent grand frère et grandes sœurs. Nous l'expliquons tout particulièrement à Louise, qui le devient pour la première fois. Elle n'est plus la dernière, elle naît grande sœur de son petit frère.

Nous passons du temps tous les six, dans le joli patio de la clinique qui permet aux proches d'être attablés ensemble, protégés du soleil par de grands parasols. Une autre famille est à nos côtés. J'observe le manège autour de leur nouveau-né. Il n'y a pas d'autres enfants, mais des grands-parents émus et heureux. Nous nous observons mutuellement, de beaux sourires illuminent nos visages. Notre carte postale familiale les étonne un peu : nous sommes déjà, à 28 et 32 ans, parents de quatre enfants !

Cette journée annonce une vie heureuse et remplie d'amour. Je rêvais de donner naissance à quatre enfants depuis longtemps. Ce bébé allait assouvir ce rêve de devenir les parents d'une fratrie nombreuse et parfaitement équilibrée. N'avions-nous pas deux filles et deux garçons, soit deux fois le choix du roi comme nous le faisaient souvent remarquer nos amis avec humour ?

Gaspard arrive trois jours avant la rentrée scolaire : celle de son frère aîné, Arthur, à l'école élémentaire, et celle de ses sœurs, Sibylle et Louise, en maternelle. De quoi à nouveau être bien fière : comme si ce tout-petit ne voulait pas empiéter sur l'emploi du temps déjà chargé de notre famille, comme s'il avait compris qu'il ne fallait pas trop faire de bruit.

Je sors de la maternité, mon nouveau-né dans les bras et mon mari à mes côtés. C'est un nouveau chapitre de notre vie qui s'ouvre. Pourtant, à cet instant, la parenthèse enchantée de ces trois jours commence déjà à se refermer.

☆

Dès notre retour à la maison, une angoisse sourde, mais faible encore, germe au plus profond de moi. Je ne ressens pas très clairement ce qui se passe mais, très vite, j'ai peur que Gaspard attrape froid, qu'il ne soit pas assez couvert. Pour mes aînés, je n'ai jamais eu cette impression, que quelque chose pouvait survenir et tout chambouler. Pour lui, c'est différent. Comme si le malheur pouvait jaillir n'importe quand et atteindre sa petite vie. Une intuition.

Il est sage et adorable, petit, très brun, des yeux gris comme l'acier, dans lesquels je devine des nuances de bleu. Nous avons pu sortir de la maternité à la condition de revenir très vite faire contrôler une jaunisse tenace. Je peste de devoir retourner plusieurs fois à la clinique vérifier son taux de bilirubine, pourtant ce n'est pas cette légère ombre au tableau qui me fait douter. Une semaine plus tard, son teint n'est plus jaune, tout semble rentrer dans l'ordre.

Je dis souvent que Gaspard sera mon dernier enfant. J'ai arrangé sa chambre avec un soin tout particulier pendant plusieurs semaines, choisi les tissus et le mobilier dans plusieurs enseignes à la mode, déniché des bonnes affaires sur Internet. Toute l'ardeur que je mets à lui préparer un cocon de roi me permet de l'attendre avec impatience et amour.

Pour annoncer sa naissance à nos familles et nos amis, nous faisons réaliser un beau faire-part, comme nous l'avions fait pour ses frère et sœurs. Pour Louise, née en Martinique, nous avions choisi un grand palmier pour agrémenter le texte. Pour Gaspard, nous choisissons le phare, pour représenter sa région de naissance : la Bretagne.

J'ai toujours reconnu mes enfants en les embrassant sur le nez. Dès la naissance d'Arthur, j'ai remarqué comme mes lèvres suivaient parfaitement la courbe de leurs arêtes nasales. Je m'empresse d'embrasser Gaspard de la même façon. Le test est concluant, ma bouche s'inscrit parfaitement sur son petit nez. Il est mien.

Dès les premiers jours, il faut nous imposer un rythme pour le nourrir. Gaspard est si calme... Trop peut-être ? Il ne réclame pas ses biberons et il faut le stimuler pour ne pas qu'il s'endorme pendant ses repas. Il pleure peu, seulement lorsqu'il faut lui donner un bain ou changer sa couche. Il est alors très difficile de le calmer, et il ne retrouve la paix que bien blotti aux creux de nos bras.

Très vite, nous voulons baptiser Gaspard, comme nous l'avons fait pour ses frère et sœurs. Comme si cette nouvelle naissance pouvait lui apporter la protection du Ciel. Nous voulons qu'il devienne lui aussi un enfant de Dieu, oint de l'huile sainte, plongé dans l'eau, couvert de lumière, protégé par cette grande famille que forment tous les baptisés.

Nous organisons rapidement la fête et réunissons le 9 novembre 2013 nos familles avec, bien sûr, la marraine et le parrain de Gaspard : Anne-Sophie, la sœur de Benoit, et Nicolas, un ami proche. Plusieurs autres amis se joignent également à nous, accompagnés de leurs enfants. Nous avons besoin d'être entourés ce jour-là. Je veux voir de la vie autour de notre fils, je veux inscrire cette journée importante dans ma mémoire.

Pendant la cérémonie, alors que nous lisons, avec Benoit, la prière de la consécration à Marie, une peur m'étreint. Cette prière demande à la Sainte Vierge de prendre soin de Gaspard le jour où nous ne serons plus là pour l'entourer physiquement. Mais j'ai soudain l'intuition que Gaspard partira avant nous. J'éclate en sanglots. Je comprends qu'il nous est demandé d'avoir confiance et de l'élever pour qu'il soit capable de grandir. C'est dans la pénombre de l'église que nous lisons cette prière, c'est en pleine lumière que nous ressortons sur le parvis quelques minutes plus tard.

Pendant la fête, une remarque de mon beau-frère me frappe. Alors que Gaspard prend son biberon du goûter, il demande pourquoi sa langue est toujours sortie. Il est vrai qu'il respire principalement la bouche ouverte, un bout de sa langue sur ses lèvres. Je n'ai jamais oublié cette question, car elle mettait des mots, les tout premiers, sur ce que je ne comprenais pas encore.

☆

Quelques semaines plus tard, accompagné de Gaspard, je me rends chez un ébéniste sur le marché de Noël pour acheter des baguettes magiques à ses grandes sœurs, afin de compléter les déguisements de fées qui seront au pied du sapin, le 25 décembre.

À proximité, dans un panier en osier, trônent plusieurs épées pour enfant. J'en prends deux, teintées de bleu roi, la lame en bois clair. Elles équiperont bientôt Arthur et Gaspard, les deux frères, nos deux chevaliers qui devront combattre les vicissitudes de la vie. Je les imagine déjà dans un an, brandissant haut leurs épées et s'entre-tuant lors de batailles imaginaires et passionnées. Je veux les armer, les parer pour l'avenir.

Ces deux épées sont aujourd'hui encore dans notre panier à déguisements, unies comme Arthur et Gaspard. Bien différemment de ce que j'avais imaginé, mais ensemble malgré tout, telles deux âmes à jamais liées.

☆

Noël arrive ! Notre premier Noël à six, entourés de la famille de Benoit dans un beau chalet des Alpes du Sud. Premières expériences de la neige, ski pour Arthur, luge pour les deux filles, balades au grand air avec Gaspard dans le porte-bébé, bols de thé, verres de vin chaud et sablés à déguster. Les premiers éclats de rire de notre petit garçon nous enchantent.

Mon angoisse pourtant, toujours présente et sourde, ne cesse de croître. Je garde pour moi que

Gaspard m'inquiète grandement. Sa peau mangée par l'eczéma, ses bronches encombrées, ses besoins de câlins à toute heure du jour et de la nuit sont loin de l'idée que je me fais d'un bébé en bonne santé.

Pourquoi ne tient-il pas assis ? Pourquoi sa tête est-elle si plate, si lourde ? Comment le soulager quand sa peau le démange tant ? Pourquoi ses yeux sont-ils si bleus ? Ces grands yeux azur magnifiques, purs, ourlés de cils incroyablement longs, qui font notre fierté et notre émerveillement. Nous sommes, Benoit et moi, subjugués par ces yeux, assortis à sa combinaison d'hiver. Gaspard semble nous dire : « Je vous illumine de mon regard, nourrissez-vous de moi, contemplez ce bout de ciel, devinez ce que je souhaite vous dire. Par mon silence, lisez-moi. Je vous ferai voir mon âme. »

Cet hiver-là, je dis à quelques amies qu'il est bien sage, « trop » calme. J'explique qu'il est « différent » de ses aînés. Cette expression me hante. J'essaye de l'apprivoiser, de me l'approprier. Mon enfant est différent.

Être différent... Qu'est-ce que cela signifie ? Une formule abstraite, pour dire que quelque chose ne tourne pas rond.

« Il est différent. »

Il a quelque chose en plus ou en moins qui fait qu'il ne rentre pas dans le « moule ». Est-ce à dire alors qu'il ne convient pas ? Il est supposé être comme-ci, ne pas être comme ça. Mais qui décide de ce qu'il faut être ? Gaspard n'est pas à l'hôpital, il n'est pas handicapé, il n'est pas en fauteuil roulant. Serait-ce comme cela que commence un handicap ? Tout paraît normal au début, puis le monde s'écroule petit à petit ? Il n'y a pas eu d'accident, il n'est pas tombé. Personne ne l'a renversé. J'ai conduit prudemment. Pas d'accrochages en voiture. Je ne l'ai pas secoué. Nous n'avons jamais eu à nous rendre aux urgences de l'hôpital. Aucun événement particulier n'a pu déclencher son handicap. Non, rien de tout cela. Alors, est-il malade depuis toujours ? Né handicapé ?

☆

Au mois d'avril, nous partons en vacances en Bretagne.

Les souvenirs de cette semaine en bord de mer sont des trésors que nous gardons en nous à jamais.

Les médecins consultés à cette période nous tranquillisent. Gaspard prend son temps. Tous les enfants ne parviennent pas forcément à s'asseoir à neuf mois. Néanmoins, son carnet de santé est mensonger : un médecin note qu'il tient sa tête et sait rester en position assise. Ce n'est pas vrai. Un autre écrit sur un compte-rendu que tout rentrera dans l'ordre. C'est inscrit là, noir sur blanc...

Mon Gaspard, déjà je remarque que tu ne te retournes que d'un seul côté sur le tapis de jeux, avec difficultés qui plus est. Dans les bras, tu pèses de tout ton poids. Tu ne bouges pas, ta tête dodeline sans bruit, tu babilles peu. Ton regard brille de ce bleu splendide, mais reste toujours un peu endormi.

Je décide, sur une intuition, de t'emmener voir un kinésithérapeute. Je sens que tu as besoin d'aide pour muscler ton dos. Peu confiants, mais vaillants, nous prenons tous les deux le chemin du cabinet. Nous nous rendons à ces séances plusieurs fois par semaine. Je veux que tu parviennes à t'asseoir seul, que tu apprennes à te retourner. Je suis incapable d'imaginer une seule seconde que certains enfants n'y parviennent jamais. Je vois que c'est difficile pour toi, que le travail sera long. J'essaye de t'aider. Je passe beaucoup de temps à te faire suivre des yeux un objet, à le passer derrière ta tête pour que tu te retournes, que tu l'attrapes. Les exercices de stimulation sont laborieux et te fatiguent vite. Parfois, je t'intime de tenir bon, d'y arriver, de ne pas basculer. Ma patience est mise à rude épreuve.

Un mois après le début des séances, la kinésithérapeute ne répond plus que très vaguement à mes questions. Je vois bien qu'elle s'inquiète. Elle ne comprend pas ce que je viens faire dans son cabinet sans prescription médicale.

À la fin du mois de mai, je me rends chez un médecin généraliste homéopathe, pour une simple visite de contrôle. L'examen du petit corps de notre fils se fait dans un grand silence. Le médecin lui parle sérieusement, comme à un grand. Il veut que Gaspard lui montre ce qu'il sait faire. Malheureusement, il ne peut pas lui montrer grand-chose. Ce médecin est le premier à me dire qu'il arrive à la limite de ses compétences. Ce jour-là, j'entrevois que le chemin sera semé d'embûches.

☆

La fin de l'année scolaire s'achève sur les chapeaux de roue. Fête de l'école des enfants, préparation du déménagement – Benoit vient d'être muté à Paris –, grand ménage de départ, au revoir aux copains de Rennes.

Une amie, Sophie, accepte de garder les enfants le temps que je puisse briquer le parquet de l'appartement avant l'état des lieux. Médecin urgentiste, elle me confirme que j'ai raison de m'inquiéter de l'état de santé de Gaspard, qu'il nous faut prendre rendez-vous avec un neuropédiatre pour comprendre ce qui se passe. Je ne la remercierai jamais assez pour ses paroles car, enfin, je me sens entendue !

Je tremble, mais je suis aussi un peu soulagée. Sophie me donne une clef pour pouvoir agir et comprendre mon fils. Je décide d'appeler plusieurs hôpitaux parisiens. Le plus réputé en pédiatrie est surchargé : pas de rendez-vous possible avant le mois de mars.

En pleine période estivale, joindre la bonne personne, le bon service, le bon standard s'avère être un parcours du combattant. C'est à l'accueil téléphonique du service de neuropédiatrie de l'hôpital Raymond-Poincaré à Garches que je parviens enfin à joindre quelqu'un. J'explique que je suis la maman d'un petit garçon qui ne va pas bien et que j'aimerais avoir l'avis d'un spécialiste. Mon interlocutrice semble surprise, elle me rappelle que ce n'est pas la procédure, qu'il me faut une ordonnance pour voir un neurologue. Mon inquiétude doit être audible, car elle me donne finalement un rendez-vous pour la fin de l'été, à la condition d'obtenir une ordonnance d'ici là. Il ne me reste plus qu'à consulter un médecin pendant les vacances pour le convaincre de la nécessité de ce rendez-vous pour Gaspard.

☆

Nous partons ensuite en Auvergne chez mes parents. Nous retrouvons la forêt et les champs, les volcans et l'air pur, le jambon et les fromages !

Benoit, lui, reste à Paris pour installer notre nouvel appartement. Il déballe héroïquement nos nombreux cartons, avant de venir nous retrouver le week-end. Son année s'annonce studieuse, il prépare le concours d'entrée de l'École de guerre.

Beaucoup de travail et de stress en perspective pour lui.

Les enfants profitent de la piscine avec leur oncle Benoît, mon frère jumeau, et leurs tantes Nanou et Marie. Et, doucement, je prends toujours un peu plus conscience de ce qui se confirmera plus tard. J'observe beaucoup Gaspard, avec l'impression que personne ne s'interroge autour de moi. Suis-je donc la seule à voir qu'il ne va pas bien ? Il ne tient toujours pas sa tête, et sa colonne vertébrale ne le maintient pas droit. Il est comme une poupée de chiffon.

Un jour, au supermarché, je m'arrête au rayon des couches pour enfants, saisie, interdite. Je contemple les différentes tailles et les cartons colorés. D'abord, bien alignées, les couches que les jeunes parents vont acheter à la naissance de leur nourrisson. Puis viennent les tailles 2 et 3, dont on se sert très vite pour langer le bébé qui grandit. Ensuite, les tailles 4 et 4+, pour les enfants qui apprennent à être propres avant d'entrer à l'école. Je reste bloquée un moment devant les tailles 5 et 6, mais devant la taille 7, je m'immobilise complètement. Je me dis, pétrifiée, effondrée, que Gaspard ne sera jamais propre. J'en suis persuadée. Je le sais, je le sens : mon enfant est handicapé.

Je regarde longtemps passer les gens autour de moi, avant de finalement reprendre mes esprits. De retour à la maison, je parle à ma mère, je lui raconte ce qui vient de se produire. Là, doucement, elle me dit que oui, cela peut arriver, mais qu'elle et mon père seront toujours là pour nous épauler. Je comprends que je ne suis finalement pas la seule à penser que Gaspard ne va pas bien, qu'il est peut-être malade. Seulement voilà, personne ne le dit haut et fort.

☆

À la fin du mois de juillet, pour la visite médicale de ses onze mois, j'emmène Gaspard chez un médecin généraliste du village voisin, le docteur V. Elle me conseille de me rendre immédiatement au centre hospitalier de Montluçon, en pédiatrie, pour consulter l'une de ses consœurs. Pour elle, le rendez-vous prévu à l'hôpital de Garches à la fin de l'été est trop lointain. Il faut consulter pour agir. Vite. Le docteur V. est effarée qu'une simple prise de sang n'ait jamais été faite sur Gaspard. Selon elle, la pédiatre de l'hôpital saura nous guider et nous indiquer la marche à suivre.

Nous obtenons un rendez-vous en consultation pédiatrique au CHU de Montluçon, et nous y fonçons quelques jours plus tard. Nous sommes inquiets et anxieux. La pédiatre nous explique que Gaspard est hypotonique ; ses muscles manquent de tonus. Je lui demande si Gaspard marchera un jour. Elle me répond qu'elle ne sait pas. Plusieurs rendez-vous avec différents spécialistes seront sans doute nécessaires pour aboutir à un diagnostic. Elle nous remet trois ordonnances pour consulter un ophtalmologiste, un orthoptiste et un neuropédiatre. Elle semble soulagée que nous ayons pris les devants, avec ce rendez-vous programmé à l'hôpital Raymond-Poincaré dans quelques semaines.

☆

Qu'as-tu donc mon chaton, mon tout-petit, que nous voulons tant protéger et soulager ?

☆

Gaspard n'a jamais autant ri que cet été-là. Sans doute pour compenser le fait qu'il ne parvienne pas à prendre de jouets dans ses mains. Il s'adapte et s'amuse dans sa tête. Son rire est lumineux, limpide, clair. Le temps des vacances, le chien de mon frère et ma belle-sœur l'amuse particulièrement. Une photo immortalise cet instant de bonheur. Gaspard est debout, sur ses jambes vacillantes, soutenu par son oncle, face à sa tante, leur Parson Russell dans ses bras. Il rit aux éclats, son regard est gai, d'un bleu pénétrant. C'est aussi comme cela que je désire me souvenir de lui !

Je profite de ces premières ébauches de diagnostic pour consulter Internet. Je mêle sur le moteur de recherche les mots : « hypotonie », « trouble neurologique », « ne tient pas assis », « ne tient pas sa tête ». Je fouille, je clique, je copie-colle tout ce que je trouve sur des documents Word. J'établis des dizaines d'hypothèses, je trouve des centaines de maladies différentes. Un seul point commun les unit : toutes sont très graves. L'avenir de Gaspard s'annonce sombre...

☆

Nous partons pour Aix-en-Provence au mois d'août, rejoindre la famille de Benoit. Nous retrouvons le soleil et les cigales, les amandes et la lavande, les marchés estivaux, les siestes à l'ombre, et la piscine. Gaspard dort dans notre chambre. L'état de veille a commencé. Ma vigilance est extrême, j'essaye toujours de comprendre ce qui se passe.

Premier rendez-vous. Benoit commence à entendre mon inquiétude et m'accompagne chez l'orthoptiste, spécialiste de la rééducation des yeux. Elle installe Gaspard dans un siège pour bébé, et après quelques petits jeux, elle nous dit qu'il voit bien, mais qu'il faut poursuivre les investigations. Nous sortons de son cabinet, peu confiants et peu convaincus. Le retour en voiture est silencieux.

Nous tenons nos familles informées, à chaque étape. J'espère et pense tout haut : « Pourvu que ce ne soit pas une maladie neurodégénérative ! » Je le dis par téléphone, j'envoie plusieurs fois cette phrase par SMS, je la dis tout fort à ma belle-mère et à ma mère... Je ne sais pas si je cherche à me rassurer ou à les préparer à l'indicible...

Deuxième rendez-vous. Cette fois, c'est chez l'ophtalmologiste que nous emmenons Gaspard. Après avoir examiné ses yeux en silence, le docteur nous annonce que son fond d'œil est « rouge cerise » : son nerf optique est visible comme un point rouge sur la paroi de son œil trop blanchâtre. Elle convient que c'est une anomalie, un dysfonctionnement probable du métabolisme. Elle semble gênée. Nous posons beaucoup de questions mais toutes restent sans réponses. Il nous faut maintenant attendre la consultation prévue fin août chez le neuropédiatre de l'hôpital de Garches...

Dans mes investigations sur Internet, j'ajoute désormais « œil rouge cerise » à la liste des symptômes de Gaspard. Le terme de « maladie neurodégénérative » apparaît rapidement dans les résultats. Pendant quelques jours, je laisse ouverte sur mon ordinateur une page sur la maladie de Tay-Sachs. Tout y est résumé, tout colle exactement à son état. Je dis à Benoit que je crois avoir trouvé le mal dont souffre Gaspard. Il me répond qu'il préfère ne pas regarder, ne pas lire. C'est sans doute judicieux, considérant la tragédie qui y est décrite. Je décide de lui laisser quelques semaines de répit...

Les vacances touchent à leur fin. Nous nous offrons, avec Benoit, deux jours à Nice, rien que tous les deux, en amoureux, comme nous essayons de le faire chaque année. Bienheureuse escapade, pendant laquelle notre esprit se repose, nos yeux contemplent des paysages nouveaux. Quelques heures bénies avant d'affronter la tempête qui s'annonce.

Mais il est grand temps maintenant de rentrer et de quitter la Provence : nous chargeons la voiture, prenons la route, et découvrons enfin notre nouvel appartement, installé par Benoit. Un vrai Noël avant l'heure ! Il ne reste plus qu'à remplir les cartables pour attaquer la rentrée scolaire.

Puis, vient le troisième rendez-vous chez le neuropédiatre à l'hôpital de Garches. Enfin. Depuis quelques semaines, j'ai l'impression de vivre un véritable marathon médical !

Dans la salle d'attente, au milieu des brochures et des prospectus destinés aux parents confrontés au handicap de leur enfant, je suis saisie par l'angoisse. Benoit ne fait pas le fier non plus. Les mots se bousculent sur les affiches, ils me donnent le tournis. Dyspraxie, dyslexie, dyscalculie, autisme, troubles neurologiques, troubles des acquisitions, troubles psychomoteurs... Premier contact avec une novlangue qui, bientôt, bercera notre quotidien. Mais nous ne le savons pas encore.

Le docteur E. nous reçoit enfin. Une nouvelle fois, nous racontons l'histoire de Gaspard, de ses douze mois de vie. Elle nous écoute attentivement, en notant quelques phrases sur son cahier. Elle a un accent chantant dont nous n'identifions pas l'origine, mais qui fait immanquablement d'elle une personne chaleureuse. Nous nous sentons en confiance, alors même que le flou est absolu. L'examen de Gaspard se déroule dans un silence olympien.

Une fois rhabillé, Gaspard dans mes bras, nous nous asseyons et nous écoutons ce médecin qui entrouvre la porte sur un monde que nous ne connaissons pas : celui de l'hôpital. Elle nous explique que ce jour inaugure une série de plusieurs rendez-vous médicaux. Il faut comprendre pourquoi Gaspard est dans cet état. Sans doute savait-elle déjà vers quoi nous allions. Mais gentiment, elle nous protège de ses doutes, elle procède par étapes. Il faut d'abord effectuer une IRM, puis des prises de sang.

30 août : Gaspard fête son premier anniversaire. Je prépare un gâteau mousseux pour qu'il puisse y goûter. Benoit et moi sommes inquiets, mais nous tenons à lui apporter de la joie en ce jour de fête. Gaspard contemple sa bougie d'un air lointain. Au contraire de tous ces petits enfants agiles et vifs qui, au même âge, attrapent leur bougie fièrement dressée, Gaspard garde les bras le long du corps sans pouvoir les lever.

☆

Le 4 septembre, Gaspard entame ses examens par une IRM. On m'explique qu'il doit être endormi. Mais il est quinze heures et Gaspard se réveille tout juste de sa sieste. Une infirmière m'apporte une compote et un comprimé de mélatonine, l'hormone du sommeil. Gaspard suçote la compote. Il ne s'endort pas complètement, mais somnole dans mes bras. Un infirmier décide de commencer quand même. Il installe Gaspard, allongé sur deux planches en bois, puis il l'emmaillote à l'aide de longues bandelettes blanches, qui le transforment rapidement en momie et d'où seuls les yeux dépassent. Je reste sans voix. J'essaie faiblement de m'offusquer auprès du personnel, sans succès.

Ils emmènent Gaspard, avant de me permettre finalement de rester auprès de lui. Après avoir rapidement enfilé un tablier plombé de radioprotection, je m'avance près de mon fils et me place à ses côtés. Le lit coulisse dans le tunnel. Je l'entends pleurer et mon cœur se serre à nouveau. L'infirmier décide d'interrompre l'examen, Gaspard est trop agité. J'écoute discrètement les médecins discuter derrière la vitre qui nous sépare de la salle. Ils ont l'air d'avoir pu, malgré tout, réaliser quelques images de son cerveau. Une infirmière dénoue les bandes qui le maintiennent. Gaspard et moi sortons de la salle d'examen. Je le prends dans mes bras, le rhabille, le réconforte, le serre contre mon cœur, et je lui assure que, pour aujourd'hui au moins, c'est terminé. Ma mère est avec nous, nos regards se croisent et nous trahissent. Sans dire un mot, nous nous comprenons, la scène que nous venons de vivre nous a toutes les deux choquées. Inquiétude et tristesse nous étreignent à l'identique.

Dès le lundi suivant, après avoir déposé les aînés à l'école, nous filons à nouveau à l'hôpital, qui commence à devenir notre seconde maison. Benoit se fait prélever en premier une huitaine de tubes de sang. Pour Gaspard, il s'avère bien difficile de réaliser les prélèvements. Les infirmières, avec délicatesse, tentent chacune à leur tour de trouver une veine suffisamment épaisse pour remplir les nombreux tubes aux bouchons colorés. Elles essayent aux bras, puis aux pieds. Enfin, elles y parviennent et le goutte-à-goutte commence. Nous avons vraiment besoin de ces tubes pour effectuer les tests en laboratoire. Ce sont leurs résultats qui nous permettront de savoir de quel mal est atteint notre tout-petit. À mon tour, je me fais piquer, moi qui ai la phobie des seringues. L'épreuve de l'aiguille n'apparaît finalement plus si compliquée, elle devient même offrande, en hommage à ces enfants qui supportent tout.

Après cette étape, nous rencontrons les kinésithérapeutes de l'hôpital de Garches, qui sont très nombreux dans ce haut lieu de la rééducation. Nous entrons vaillamment dans un couloir en pente douce qui facilite le passage des fauteuils et des poussettes adaptés. Je suis saisie par tous les appareils rangés le long du mur. Les coques moulées et les rampes d'exercices alignés dans ce couloir me rappellent que nous sommes ici parce que notre enfant ne tient pas droit, ne marche pas, ne porte pas sa tête.

Mon cœur est lourd, les larmes montent, mon estomac est noué par la peur.

Le docteur L. nous présente Corinne, la kiné, au visage si doux et au sourire si franc, qui s'occupera de Gaspard le temps de préciser un diagnostic. Elle est le visage de Garches que je n'oublierai jamais. Corinne prend le temps de rencontrer Gaspard, de lui parler, de nous expliquer comment elle compte travailler avec lui. Elle porte Gaspard dans ses bras et le positionne sur les tapis de couleurs qui forment au sol un puzzle vif, incitant l'enfant à se dépasser. Elle nous invite gentiment à attendre dans le couloir le temps de la séance.

Deux à trois fois par semaine, j'emmène Gaspard en rééducation, auprès de Corinne principalement. Assez vite, je laisse les séances se dérouler sans moi. J'apprends un tout petit peu à me détacher de mon fils.

Corinne n'oublie jamais de demander des nouvelles de la fratrie, elle a également le souci permanent de notre couple. Nous échangeons des nouvelles. Je cherche aussi à mieux la connaître, elle et sa famille, pour établir une relation d'échange, parler librement, comme si le soignant devenait un ami une fois la séance achevée. De quoi apporter un peu d'ordinaire à ces rendez-vous médicaux qui le sont si peu. Corinne est là, présente, vaillante. Elle donne de sa force aux plus vulnérables, aux enfants cassés par l'accident ou la maladie. Elle en donne tant aussi aux parents...

De l'autre côté de l'hôpital se trouve la cafétéria, une bulle étrange, coincée entre la bibliothèque et un bâtiment pour grands blessés. Mes pas m'y conduisent souvent en attendant la fin des séances. L'adorable gérante finit même par me proposer une carte de fidélité : au bout de dix cafés achetés, le suivant est offert. J'ai ainsi utilisé trois cartes, dont la dernière est toujours dans mon portefeuille. La gérante me reconnaît désormais, et cela me fait du bien de me sentir connue. Plus besoin de raconter pourquoi nous sommes ici, dans ce lieu où il n'y a que des gueules cassées ou des grands malades. Pas besoin non plus de préciser pourquoi les yeux sont rouges ou les traits pâles et tirés. La gérante fait avec, elle réconforte d'une parole ou d'un sourire. C'est exactement ce dont j'ai besoin. Ses yeux semblent me dire : « Je sais ce que vous traversez, et je compatis. » Que cette dame poursuive son œuvre longtemps car, à sa mesure, elle apporte un grand réconfort, malgré les difficultés de chacun.

Au hasard de mes déambulations, dans les ruelles, les couloirs et les escaliers de l'hôpital, je croise Marie, Raphaëlle, Patricia, Éric, Jennifer... Tant de visages qui me font découvrir ce monde de l'hôpital.

Un matin d'automne, j'ose enfin m'approcher d'une autre maman qui, comme moi, attend la fin de la séance de sa fille, Hélène. Nous discutons, nous échangeons sur les drames qui ont frappé nos foyers respectifs. Elle est celle qui m'a appris la force du témoignage. Grâce à elle, j'ai compris que le cœur à cœur reste le meilleur dialogue entre deux âmes qui se rencontrent. Toutes deux, nous voyons sans cesse l'épée de Damoclès au-dessus de nos enfants. Nous apprenons à vivre au jour le jour. C'est à ce moment-là que j'entrevois que vivre ancré dans le temps présent sera mon meilleur allié.

En accord avec la neuropédiatre, le docteur L. nous propose une place pour Gaspard en hôpital de jour. Pour nous soulager un peu, et pour avoir un peu de temps à consacrer à Louise, Sibylle et Arthur, la garderie de l'hôpital pourrait accueillir Gaspard un jour ou plus par semaine.

Après quelques minutes de réflexion, je réponds qu'il me sera difficile de laisser Gaspard, moi qui ne l'ai jamais confié. Je décide finalement de le laisser une demi-journée par semaine, le mercredi. Je le dépose aux auxiliaires de puériculture et aux infirmières le matin, une fois les grands à l'école. Je suis même assez fière de le laisser là, avec son sac à langer rempli d'affaires, comme un petit garçon normal qui va à la crèche. Pourtant, bien vite, la réalité me rattrape. Car l'histoire, elle, n'est pas tout à fait normale : tous ses petits amis sont malades. L'endroit est adapté et équipé pour l'accueil d'enfants porteurs de handicap.

L'organisation familiale est alors complexe. Je fonce en voiture pour avoir le temps de récupérer les trois aînés à l'école, avant de retourner à l'hôpital. Presque une heure de trajet aller-retour. Mais j'aime que les frère et sœurs de Gaspard m'accompagnent à la garderie de l'hôpital, comme lui-même va les chercher à l'école. Cela les confronte au monde du handicap, qui devient le nôtre, petit à petit.

Très vite pourtant, je vois que Gaspard ne se sent pas bien à la garderie. Il dort mal dans le dortoir commun. Les purées préparées par l'hôpital ne sont pas assez lisses et il parvient difficilement à les avaler. J'ai l'impression de faire un caprice en demandant des petits pots d'une certaine marque, car je sais que leur texture est adaptée à Gaspard et qu'il les mange bien.

Un jour, je le retrouve assis dans un siège que les jeunes femmes viennent de retrouver dans leurs placards. Elles se réjouissent d'avoir trouvé un fauteuil qui permet à Gaspard d'être assis à table, avec les autres enfants. Je les remercie de leurs efforts. Mais, au fond de moi, je suis atterrée. Je ne vois que le harnais qui maintient solidement le buste de Gaspard. Je ne vois que son petit corps de bébé moulé dans ce siège-coque.

Mon fils est handicapé.

À l'heure où j'écris ces lignes, plus de quatre ans après l'annonce du diagnostic, je n'arrive toujours pas à comprendre comment j'ai pu me voiler la face si longtemps. La psychologie humaine (et masculine) est décidément un grand mystère. Je crois en effet avoir été dans le déni total depuis le jour de la naissance de Gaspard jusqu'au jour du diagnostic de sa maladie. Je refusais de voir que Gaspard était malade. Tout simplement. Cela me paraissait impossible.

Cela n'arrive qu'aux autres, pas à moi, pas à nous.

☆

Pourtant, de nombreux signes ont attiré l'attention de Marie-Axelle, confirmés par quelques médecins. Gaspard était hypotonique, il respirait bizarrement, il pleurait très rarement et ne tenait pas sa tête. Bref, après trois enfants en pleine forme, force était de constater que Gaspard souffrait de la comparaison. Il ne se développait clairement pas au même rythme qu'Arthur, Sibylle et Louise. Mais je refusais de le voir.

J'avais pourtant assisté à de nombreux rendez-vous médicaux, lu pléthore de comptes-rendus, fait moult allers-retours à la pharmacie du coin pour acheter les médicaments de Gaspard, fait quelques recherches sur Internet. Mais rien de tout cela n'avait réussi à me faire sortir de l'espèce de léthargie mentale dans laquelle je me complaisais.

J'imaginais simplement qu'il « prenait son temps », comme l'expliquaient d'ailleurs la plupart des médecins. À coups de séances de kinésithérapie et d'encouragements de notre part, tout allait rentrer dans l'ordre. Comme toujours.

Certains jours, je me persuadais même que Gaspard progressait. Quand on me demandait comment il allait, je répondais toujours qu'il faisait des progrès, qu'il s'asseyait de mieux en mieux, qu'il commençait à babiller, que Marie-Axelle l'avait entendu prononcer son premier « Ma-Ma ». La méthode Coué...

J'étais aussi particulièrement agacé par les réactions de nos proches, familles et amis. Je surprenais parfois leur regard un peu inquiet. Inquiet pour la santé de Gaspard et pour moi, pour nous.

Oiseaux de mauvais augure, tristes sires, pessimistes : intérieurement, je bous.

Un jour, un oncle médecin essaie de me sortir de ma torpeur : « Benoit, tu sais, on vit bien avec un enfant handicapé. Aujourd'hui, bien mieux qu'hier. » Je reste sans voix. Il se trompe, Gaspard va devenir un petit garçon comme tous les autres, comme son grand frère, comme moi !

De toute façon, les coups durs, cela n'arrive qu'aux autres.

☆

Il faut dire que jusqu'ici, dans notre petite famille, nous n'avons connu aucun malheur, aucun drame. Une chose étonnante, par exemple : à trente-cinq ans, je n'ai jamais encore assisté à un seul enterrement. Jamais. Nous avons été totalement préservés des coups durs que la vie réserve parfois.

Nous nous sommes mariés jeunes, nous avons eu quatre enfants en sept ans. Ma situation professionnelle est excellente. Nous nous aimons. Et, pour parachever le tout, nous venons d'obtenir une mutation en région parisienne, exactement comme nous le souhai-

tions. Une fois de plus, tout va pour le mieux dans le meilleur des mondes.

L'annonce de la grossesse de Max, comme j'aime à appeler Marie-Axelle, a certes été une surprise... mais une surprise prévisible et heureuse.

Les mois qui suivent sont toutefois compliqués. En mission pendant quatre mois en Afrique où je suis très peu joignable, je ne peux pas épauler ma femme. Cette grossesse est donc particulièrement éprouvante et stressante pour elle. Pas pour moi, je l'avoue. Je vis en Afrique une expérience humaine et professionnelle tout simplement extraordinaire. Je me doute que Max « ramasse », mais je lui fais confiance pour tenir la baraque, comme elle l'a déjà fait avec brio lors de mes trois précédents départs à l'étranger. La joie que me procure cette épopée désertique, à la tête de mes subordonnés, constitue une sorte de rêve de gosse dont je profite pleinement.

Ce rêve devient encore plus beau le jour où Marie-Axelle m'annonce que le bébé qu'elle porte, notre bébé, est un petit garçon. Je m'en souviens parfaitement. Au milieu des dunes du Sahara, par téléphone satellite, le soir au coucher de soleil, j'apprends qu'après Arthur, Sibylle et Louise, je vais à nouveau être le père d'un petit gars. Quelle fierté ! Je suis aux anges. Deux bières plus tard, la chaleur aidant, je m'endors comme une masse sur mon lit de camp, à la belle étoile. Rien, vraiment, ne manque à mon bonheur.

☆

Pendant nos dix premières années de mariage, un seul événement est venu troubler cet équilibre. En 2006, quelques mois après notre mariage, Marie-Axelle a fait une fausse couche après trois mois de grossesse. J'avais vingt-cinq ans, elle vingt et un. Sur le coup, je ne comprenais absolument pas ce que cela signifiait pour ma femme ni pour notre famille. Absorbé par le travail, je laissais Marie-Axelle gérer toute seule la situation. Honteusement, j'avoue même ne pas avoir posé un jour de congé pour l'accompagner à l'hôpital...

Dans les années qui suivirent cet événement, je me disais de temps en temps que j'avais déjà un enfant au Ciel. Mais le plus souvent, je n'y pensais pas. Sans doute pour ne pas me remémorer ce mauvais souvenir. Nous avions quand même décidé de lui donner un prénom : Gabriel(le).

Aujourd'hui, je regrette profondément mon absence de soutien physique et mental de l'époque. J'ai même du mal à la comprendre. Si c'était à refaire, je sauterais dans ma voiture pour retrouver Max, l'embrasser et vivre avec elle ce moment si difficile.

Pour le dire plus trivialement, ce n'est pas qu'une « histoire de bonne femme ».

Il m'est souvent arrivé depuis de témoigner de cette fausse couche et de la façon dont notre couple a vécu cette épreuve, et je reçois beaucoup de réactions. La plupart sont celles d'hommes qui disent avoir réagi de la même façon que moi et le regretter. L'un d'entre eux m'a même confié avoir demandé pardon à son épouse plus de vingt ans après.

Depuis le décès de Gaspard, je crois que Gabriel(le) nous préparait à ce qui allait nous arriver. Je suis même certain qu'ils sont ensemble, tous les deux. Et désormais, chaque soir, nous nous adressons à eux lorsque nous prenons quelques minutes pour prier en famille.

Et quand, par mégarde, nous ne mentionnons pas Gabriel(le), un des trois enfants ne manque pas d'y penser à notre place : « Hé, on n'a pas parlé de Gabriel(le) ! Faut pas l'oublier quand même ! »

Je pense que la montée au Ciel de ce tout petit bout d'être nous a aussi permis, inconsciemment, de comprendre à quel point nos enfants sont de précieux cadeaux. À quel point la vie est un trésor, un trésor fragile.

☆

Pour revenir à mon déni, à ce refus de voir la réalité évidente de la maladie de Gaspard, je crois qu'il était lié à mon impuissance. Je ne pouvais m'avouer l'existence d'un obstacle impossible à franchir.

Je ne supporte pas de laisser derrière moi des problèmes sans les résoudre le plus vite possible. Quand Marie-Axelle m'expose telle ou telle difficulté, je m'empresse de lui proposer des solutions. Elle se sent un peu fatiguée ? Je l'enjoins aussitôt à passer un week-end au calme chez une amie. Elle n'a pas le moral ? Je lui propose de faire du shopping...

Je n'ai décidément rien compris à la psychologie féminine. Du moins, à celle de ma femme, qui souhaite en général simplement que je l'écoute, que je la comprenne. Elle cherche souvent de la tendresse et de l'attention plus que des solutions toutes prêtes. Et moi, à l'inverse, je ne songe qu'à me débarrasser aussi vite que possible du problème... Il nous aura fallu quelques engueulades et de nombreux bouquets de fleurs pour accorder nos violons.

L'épreuve du courage n'est pas de mourir mais de vivre.

VITTORIO ALFIERI

Le week-end précédant le lundi 29 septembre 2014, je reçois un appel de la neuropédiatre de l'hôpital de Garches nous demandant de venir, Benoit et moi, dès le lundi matin. Le médecin me dit que le rendez-vous se tiendra pendant la séance de kinésithérapie de Gaspard. Nous devons venir seulement tous les deux.

Je raccroche et me tourne vers Benoit. Nous devons nous organiser pour y aller ensemble sans que cela gêne trop son travail. Il est donc entendu qu'il retournera au bureau juste après le rendez-vous.

Mon estomac est noué, les extrémités de mes doigts sont froides, comme souvent lorsque l'automne arrive. Je m'attends à recevoir enfin des réponses à mes questions. Le docteur E. n'a pourtant rien révélé par téléphone. Mais je ne peux m'empêcher de penser que l'hôpital ne convoque jamais les deux parents s'il n'y a pas quelque chose d'important à annoncer. Je vais peut-être enfin savoir ce qu'a notre petit chaton.

Ce week-end-là, nous célébrons l'anniversaire de notre premier né. Arthur a huit ans ce 27 septembre. Nous sommes heureux de le fêter dans notre nouvel appartement. J'arrive à dissocier mes craintes pour Gaspard de la joie de célébrer notre aîné. Des amis viennent dîner. Benoit part jouer au golf le dimanche. Le week-end passe tranquillement, comme un week-end d'automne où l'on sait que l'hiver sera bientôt là, mais que l'on peut encore repousser le moment où l'on devra sortir les manteaux des caisses rangées au fond des placards.

☆

Le jour du rendez-vous arrive. C'est un lundi, le temps est minuté.

Benoit dépose les enfants à l'école et se rend à l'hôpital de Garches en scooter. De mon côté, je prends la voiture pour le rejoindre et déposer Gaspard à sa séance de kiné. J'avertis le personnel d'un éventuel retard pour le récupérer, car nous avons rendez-vous avec trois médecins, juste à côté. À ce moment-là, je vois dans leurs yeux qu'ils savent. Je suis convaincue qu'ils ont été avertis que nous allions apprendre la vérité. Les kinés m'assurent qu'ils confieront Gaspard aux puéricultrices de l'hôpital de jour si nous avons du retard. Nous pouvons donc nous rendre à cet entretien tranquillement.

Benoit et moi nous dirigeons vers le lieu du rendez-vous, et nous patientons jusqu'à l'arrivée des médecins. Les minutes s'écoulent lentement et je guette, avec impatience, de part et d'autre du couloir. Le docteur E. apparaît et vient me serrer la main. Elle est alerte et vive, mais son visage reste grave. Le docteur L. nous rejoint également, accompagné d'une interne. Ils nous conduisent à l'étage et, après avoir poussé quelques épais dossiers, nous nous serrons tous les cinq dans un bureau exigu.

Les médecins prennent de nos nouvelles. Ils font preuve de bienveillance, je me sens rapidement en confiance. Le classeur médical de Gaspard posé sur mes genoux, j'écoute Benoit raconter ses impressions sur l'évolution de Gaspard. Je ne suis pas d'accord avec lui. Il raconte que Gaspard progresse, qu'il se porte bien. J'explique que pour moi il n'en est rien. Gaspard régresse. Il n'arrive toujours pas, à la veille de ses treize mois, à s'asseoir normalement et à tenir sa tête.

La neuropédiatre hoche la tête, puis elle confirme doucement, avec délicatesse, que Gaspard ne pourra pas progresser. Le silence est lourd, pesant. Les résultats du laboratoire sont arrivés. Gaspard est atteint d'une maladie génétique, rare et sévère. Une maladie qui explique qu'il n'arrive pas à s'asseoir, ni à tenir sa tête. Cette maladie, c'est la maladie de Sandhoff. Nous comprenons mal ce mot que nous entendons à peine. Nous lui demandons de l'épeler. Le docteur E. prend un bout de papier déchiré et écrit au stylo noir les lettres : S.A.N.D.H.O.F.F.

Ce mot résume le mal dont est atteint notre enfant. Ces quelques lettres marquent son corps malade pour le reste de sa vie. Le médecin ajoute que la maladie est neurodégénérative. Le système nerveux de Gaspard est atteint comme tout le reste de son corps. Il ne progressera pas. Ils ne le guériront pas car il n'existe pas de traitement adapté à sa pathologie. Nous prenons de plein fouet ces sombres explications. Nos mains sont unies. Je m'attarde sur le mot « dégénératif ». J'explique que j'ai trouvé sur Internet, en juillet dernier, la maladie de Tay-Sachs. Est-ce la même ? Le médecin me confirme que la maladie de Sandhoff en est la maladie jumelle. Me reviennent tous les détails lus sur cette pathologie. J'en connais donc l'issue...

La question tombe : « Gaspard va-t-il mourir ? »

Le docteur E. nous répond : « Oui, Gaspard va mourir. »

Benoit et moi serrons nos mains plus fort encore. Et les larmes coulent.

Les médecins, dans un silence absolu, respectent ces larmes. Nous les remercions d'avoir réussi à poser le diagnostic, que nous essayons de bien comprendre. Les questions-réponses s'enchaînent. Je suis incroyablement touchée par leur tact. Je leur suis reconnaissante de nous avoir parlé à l'écart, dans un bureau, porte close, et non entre deux couloirs comme tant d'autres malades ont pu en faire l'expérience. Le jour du diagnostic reste gravé dans ma mémoire, comme un jour d'épreuve, certes, mais comme une épreuve dans laquelle nous ne serons pas seuls pour affronter les combats que Gaspard aura à mener. Nous serons accompagnés par une équipe de professionnels qualifiés pour nous aider à l'entourer au mieux.

J'ai déjà bien conscience que cette bataille est perdue d'avance, qu'elle se soldera par la mort de notre fils, mais j'ai l'intuition que je pourrai m'appuyer sur le docteur E., assise à côté de moi.

Nous sortons de cet entretien broyés par la nouvelle. Pourtant, je sais qu'enfin les médecins me croient. J'avais compris mon fils comme une mère comprend son enfant. J'avais perçu et ressenti ses besoins.

En quittant cette pièce, je pense aussi à tous ceux que nous allons devoir appeler pour leur apprendre le diagnostic. Ils seront effondrés. Je le sais. Je vois dans les yeux de mon mari le choc, cette atrocité révélée, ces mots reçus si douloureux. Nous sommes au pied d'une montagne. Il nous faut à présent la gravir, tout en apportant à notre enfant du bonheur et tout l'amour dont nous sommes capables.

Je ne sais pas quelle heure il est, j'ai perdu toute notion du temps. Au bout du couloir, je vois Gaspard dans les bras d'une auxiliaire de puériculture. Mon cœur se serre. Je traîne mon corps et mes pas sont lents. Je ne peux m'empêcher de me répéter qu'il est condamné. Et puis, je vois le bout de ce couloir plongé dans la lumière. Elle semble vouloir nous happer, nous indiquer le chemin que nous aurons à prendre avec Gaspard. Les soignants entourent notre fils, ils nous regardent désolés mais ne s'apitoient pas. Je lis dans leurs yeux qu'ils seront à nos côtés pour le combat à venir.

Je prends vite Gaspard dans mes bras, je veux l'entourer de tout mon amour. Peut-être aussi pour l'éloigner du mal qui l'atteint. Pourtant, il n'y a rien à faire. La maladie est là, comme elle l'était il y a deux heures, avant même que nous ne connaissions le nom du chercheur qui l'a découverte.

Gaspard est heureux de nous retrouver. Il me sourit. Je le câline et le serre fort, aussi fort que mon cœur est lourd. Gaspard n'a pas changé. Mais nous, ses parents, oui. Pour toujours. Nous allons devoir grandir avec lui, et l'accompagner vers la mort. Je pense à tout cela, en même temps que je serre les mains des soignants, qui se montrent chaleureux et compatissants. Je ne les remercierai jamais assez du soutien qu'ils nous ont apporté ce jour-là.

Nous sortons tous les trois de l'hôpital. Benoit me promet alors de mettre notre couple à la première place. Je m'en offusque. Mes entrailles de mère me dictent que Gaspard aura besoin d'exclusivité. Je ne vois pas comment je pourrais avoir du temps pour Benoit et moi. Cela me paraît impossible. Je me dis que Benoit et moi sommes grands, adultes. Nous pourrons nous en sortir seuls, alors que Gaspard aura besoin de nous. Ce jour-là, je ne vois pas comment faire pour prendre soin de notre couple, pour en faire une priorité. Mon cœur de mère prend le dessus sur mon cœur d'épouse et je laisse mon mari affronter seul cette épreuve.

Benoit repart travailler. Je le supplie de faire attention sur la route. La situation est lunaire...

J'ai peur qu'il ne parvienne pas à se concentrer après avoir reçu cette terrible nouvelle. J'ai peur d'un accident. Il ne manquerait plus que ça ! Je me demande encore aujourd'hui comment il est arrivé à bon port ce jour-là.

Le corps de Gaspard pèse lourd dans mes bras. Il va falloir lui annoncer, à lui, avant tous les autres, qu'il est malade. Il est fatigué, affaibli par sa séance de kiné. Il doit sentir aussi que je suis triste. Je l'installe dans son siège auto et je lui parle tout au long du trajet. Je roule, je m'arrête automatiquement aux feux rouges. Je lui explique qu'il porte en lui une maladie. Je la nomme : Sandhoff.

Je lui dis que nous ne le laisserons pas seul. Je me rassure aussi. J'espère de tout mon cœur que je saurai être près de lui. Je m'occuperai de lui jusqu'à la fin de sa vie. Je lui explique qu'il va mourir, comme moi, comme son papa. Mais lui, sans doute plus tôt que nous, même si l'on n'est jamais sûr de l'heure de notre mort. Je lui dis tout. En vérité.

Il écoute un long moment, puis il s'endort. Cette facilité à s'endormir m'apprend beaucoup. Elle me montre que Gaspard compte sur nous. J'ai l'impression qu'il m'indique la marche à suivre : lui faire confiance, nous faire confiance, s'abandonner.

En arrivant, je sors doucement Gaspard de la voiture et je l'installe délicatement dans sa poussette jaune et bleue. Chaque geste envers lui est une caresse. J'ai peur de ce qu'il va devoir subir. J'ai peur qu'il meure vite. Demain peut-être ?

J'appelle ma mère, mon frère et ma sœur, pour leur apprendre la maladie de leur petit-fils et de leur neveu. Contacter nos proches pour leur apprendre la nouvelle est douloureux. Je veille à ce qu'ils soient chez eux, entourés. J'aurais préféré que ma petite sœur, Anne-France, ne soit pas seule, en pleine rue. Leurs réactions sont terribles à recevoir. Je me retrouve, à mon tour, à la place du médecin qui nous annonçait la maladie quelques heures plus tôt.

Mes yeux sont secs, mais mon cœur est bien lourd. J'aperçois mon amie Julie, au loin, sur le trottoir. Je cours vers elle. Julie sait que nous avions rendez-vous ce matin-là. Je lui raconte tout. Elle pleure et me serre fort dans ses bras. Je pleure aussi, je suis touchée par sa réaction qui me fait du bien.

Il est temps d'aller chercher Arthur, Sibylle et Louise à l'école pour le déjeuner. À table, Sibylle me demande comment s'est passé le rendez-vous avec le docteur. Il va falloir leur annoncer le diagnostic. Je leur réponds que les médecins nous ont appris, à papa et moi, que Gaspard est malade. Leur frère est atteint de la maladie de Sandhoff. Sibylle se lève et me demande de l'épeler pour l'inscrire sur le tableau noir que nous avons près de la fenêtre de la cuisine. Je souris intérieurement en me souvenant du moment où nous aussi, nous avons posé cette question aux médecins.

« Est-ce que Gaspard ira à l'école ? Est-ce qu'il pourra manger tout seul ? Est-ce qu'il pourra marcher ? » Les questions fusent. À toutes, je réponds par la négative. Mais j'explique aux enfants que Gaspard ira à la garderie, qu'il sera nourri au biberon ou à la cuillère, qu'il pourra se balader dans sa poussette. Les enfants ne sont pas tristes. Ils vont avoir besoin de temps pour comprendre pleinement ce que tout cela signifie. Moi, j'entrevois déjà l'avenir et je me dis qu'Arthur souffrira de ne pas avoir de compère pour jouer au football, ni de frère pour grandir avec lui. Mais eux vivent l'aujourd'hui, le jour présent, sans penser au lendemain. Ils m'apprendront, plus tard, à faire de même.

Sibylle conclut : « Maman, est-ce qu'on peut avoir un chocolat ? »

L'annonce du diagnostic a eu chez moi l'effet d'un tsunami, d'une tempête dévastatrice dont je mettrai plus de six mois à me remettre. Le nier serait un mensonge. L'annonce de la maladie m'a littéralement et durablement jeté à terre.

Ce 29 septembre, nous savons avec Marie-Axelle que ce rendez-vous à l'hôpital va nous permettre d'en savoir plus sur l'état de santé de Gaspard.

Avec tact et douceur, les deux médecins nous annoncent la terrible nouvelle. Chaque précision est un coup de poignard que je reçois en plein cœur : maladie neurologique, coup de poignard. Maladie dégénérative, coup de poignard. Maladie incurable, encore un. Maladie génétique, un autre encore.

Je suis totalement sonné. K.-O. Ma main serre celle de Marie-Axelle. Je tente de me contenir mais, malgré moi, je ne peux retenir les larmes qui coulent lentement sur mes joues. Sobrement, je m'écroule. Immobile, je m'écroule. Je suis silencieux, impassible en apparence, mais la violence du choc reçu m'anéantit.

« 75 % des enfants atteints de cette maladie ne dépassent pas l'âge de quatre ans. » « Aujourd'hui, il n'existe aucun traitement. » « L'objectif sera de rendre sa vie la plus confortable possible. »

Finalement, nous posons la seule question qui nous importe vraiment ce jour-là : « Va-t-il souffrir ? Va-t-il beaucoup souffrir ? » La réponse est vague : la complexité de cette maladie et son imprévisibilité ne permettent pas de donner des orientations claires. Épilepsie, surdité, cécité, mutisme, hypotonie sévère : dans l'ordre ou dans le désordre, telles seront les étapes probables de sa dégénérescence. Rien de moins.

Aujourd'hui, je sais que Gaspard a souffert dans sa chair de cette satanée maladie. Son corps en a été marqué et la souffrance physique était souvent manifeste. Voir son enfant souffrir sans pouvoir le soulager laisse dans le cœur d'un père une cicatrice indélébile. Un sentiment de culpabilité abominable. Je n'ai pas pu le sauver. Pas su. Je n'ai jamais accepté cette maladie. Je l'ai toujours haï. Profondément et irrémédiablement. Le courage de Gaspard n'a pas amoindri ma haine. Trois ans, cela ne devrait pas être l'âge du courage. À trois ans, on joue avec un hochet, pas avec la tubulure de sa gastrostomie.

En sortant de ce terrible entretien avec l'équipe médicale de Garches, je sens Marie-Axelle un peu soulagée. Elle comprend que Gaspard va enfin être pris en charge avec l'attention qu'il mérite et avec les compétences médicales adéquates. Les meilleurs médecins seront à son chevet. Enfin. Plus personne ne lui dira qu'elle s'inquiète pour rien et que Gaspard prend son temps pour grandir. Plus personne. Je comprends sincèrement son soulagement mais je ne le partage absolument pas. Pas ce jour-là, en tout cas.

De mon côté, je m'enfonce lentement dans une sorte de dépression qui durera un bon bout de temps.

☆

Avant de nous séparer pour que je retourne travailler, je prends le temps de faire une promesse à Marie-Axelle : quoi qu'il arrive, je mettrai toujours notre couple au sommet de nos priorités. La P1 des P1.

Gaspard va devenir le centre d'attention de tous durant les prochaines années. Nous mesurons qu'il aura avant tout besoin d'amour. C'est notre amour conjugal qui en sera la source. Des vases communiquant d'amour...

Avec du recul, tout n'a pas été rose – loin s'en faut – dans notre couple durant la maladie de Gaspard, c'est certain. Le navire familial a parfois tangué et affronté quelques écueils. Mais nous n'avons pas trahi notre promesse de faire de notre mariage le cœur de notre foyer.

☆

En sortant de l'hôpital, après avoir quitté Max et Gaspard, je veux tout de suite prévenir mes proches. À commencer par mes parents. Terrible épreuve que d'imposer à ses parents la double peine de voir son enfant confronté au pire et de perdre son petit-fils. Leur courage et leur soutien furent admirables dès ce jour-là. Mais les longs sanglots au téléphone resteront aussi parmi les souvenirs qui traduisent le mieux l'horreur de la situation. Voir mourir un de ses petits-enfants n'est pas dans l'ordre des choses... Pourquoi nous ? Pourquoi Gaspard ?

Puis vint le tour de mes cinq frères et sœurs, quelques amis aussi. Les mêmes mots, les mêmes larmes, les mêmes soutiens.

Après ces quelques minutes au téléphone, je décide de repartir au boulot. Une idée étrange, j'en conviens. Complètement dingue, même. J'attrape mon scooter et, dans un état second, je fonce. Pendant le trajet d'une dizaine de kilomètres qui sépare l'hôpital de Garches du 15e arrondissement de Paris, je me demande au moins dix fois si je fais un cauchemar ou si tout cela est bien réel. Incapable de raisonner, les yeux embrumés, j'oscille entre rage et tristesse. Je louvoie dangereusement entre les voitures, je brûle les feux rouges les uns après les autres. Je roule vite, beaucoup trop vite, je suis ivre de tristesse...

J'arrive malgré tout indemne sur mon lieu de travail. Un petit miracle étant donné mon manque de lucidité et ma conduite inconsidérée.

J'ai arrêté de fumer depuis six mois, après quinze ans de tabac. Mais ce jour-là, j'enchaîne les clopes les unes après les autres de manière totalement incontrôlée. Un paquet de cigarettes y passe dans l'après-midi. Des allers-retours compulsifs sur le trottoir au pied de l'immeuble, coincé entre deux panneaux publicitaires, en alternant sanglots et cris de colère.

Pourquoi nous ? Pourquoi moi ? Pour quoi ? Qu'est-ce que je dois faire ? J'arrête de travailler ? On démé-

nage ? Je démissionne ? Je pose un arrêt maladie ? Comment le bon Dieu peut-il permettre cela ? Pourquoi Gaspard ? Putain de merde, c'est dégueulasse… Pourquoi nous ?

Mille questions s'entrechoquent. Aucune réponse à l'horizon. Je me sens seul, terriblement seul. Impuissant aussi. Dramatiquement impuissant.

Deux de mes amis, au téléphone, font de leur mieux pour me sortir de mon état. Ils y parviennent à moitié. Mais à moitié, c'est déjà énorme… Leur amitié a pris toute son ampleur à compter de ce 29 septembre. Leur force se déploie dans ma faiblesse.

Au boulot, ma situation est admirablement gérée. On dit souvent que l'armée est une grande famille, sans savoir très bien ce que cela signifie. Je peux témoigner de la vérité de cet adage. Mes chefs m'ont laissé toute latitude pour organiser mon emploi du temps de la manière dont je le souhaitais. J'ai même bénéficié de jours de vacances supplémentaires, offerts par mes camarades, lors des derniers mois de la vie de Gaspard. Je leur dois beaucoup. Le soutien de ma promotion d'école a également été précieux. Vraiment, je peux témoigner de la force des liens qui se créent dans l'adversité.

☆

De retour à la maison, je fonce prendre Gaspard dans mes bras, je l'embrasse mille fois et je lui dis que je l'aime plus que tout. Mais l'idée de ne pas pouvoir le sauver me donne le tournis. Des vertiges mêmes, de vrais vertiges. Terrible impuissance. Je la hais.

Les mois qui suivent le diagnostic sont durs, terriblement durs même. Ma colère ne cesse de croître, à mesure que nous découvrons ce que cette abominable maladie va provoquer chez Gaspard. Rien ne nous sera épargné : crises d'épilepsie, raideur musculaire, vomissements, perte progressive de la vue, de l'ouïe, de la capacité de déglutition, douleurs neuropathiques. J'en oublie. Plus je découvre les conséquences de la maladie de Sandhoff, plus ma colère s'amplifie. Colère contre moi-même, contre ceux qui ne nous aident pas assez, ceux qui nous aident trop, contre les médecins, contre Dieu aussi. Comment est-il possible de créer un monde dans lequel des enfants innocents souffrent ? Pourquoi permet-il ce mal absolu ?

☆

Dans notre malheur immense, un premier événement nous permet de mieux appréhender l'avenir. Forts de nos recherches sur Internet, nous découvrons que plusieurs associations européennes de malades atteints par la maladie de Sandhoff se réunissent en forum à Disneyland, quinze jours à peine après le diagnostic posé pour Gaspard. Au programme : conférence sur les symptômes de la maladie, point sur l'état de la recherche, échanges entre familles. Toutes les activités se déroulent en anglais, car aucune association française n'y est encore associée. Après quelques hésitations, nous décidons d'y participer tous les deux, sans Gaspard ni les trois grands. L'occasion est trop belle de rencontrer d'autres familles. Mais nous décidons de n'assister qu'à une des quatre demi-journées proposées. Courageux mais pas téméraires.

La matinée à laquelle nous assistons est consacrée à la recherche médicale. Dans la salle de conférences d'un hôtel de Disneyland, nous découvrons ce jour-là ce qu'est la maladie de Sandhoff, et sa maladie jumelle, la maladie de Tay-Sachs. Une douzaine de familles anglaises, allemandes, espagnoles, suédoises sont présentes. Et avec elles, quelques enfants malades.

Assis sur nos fauteuils, alors que le conférencier nous détaille les avancées de la recherche scientifique, nous ne parvenons pas à détacher nos regards de ces enfants. Impossible de nous concentrer sur la présentation. Nous sommes obnubilés par eux. Nous découvrons avec effroi, en chair et en os, la réalité tangible de la maladie.

Le mois dernier, à l'hôpital de Garches, nous avons su et nous avons entendu. Là, nous voyons. Nous voyons les enfants malades, allongés, immobiles. Nous voyons les poussettes et les fauteuils adaptés. Nous observons les fils, les tubulures, les seringues, les poches de lait, les sacs de soin, les appareils à aspiration.

Une des petites filles nous impressionne tout particulièrement. Elle semble avoir quatre ou cinq ans. Elle tousse beaucoup, vomit parfois et semble souffrir de crises d'épilepsie fréquentes. Ses parents se relaient sans cesse autour d'elle, sans paniquer. Ces symptômes semblent faire partie de leur quotidien. Ils essuient le visage, changent la couche de leur enfant. L'intuition qu'avait eue Marie-Axelle quelques mois plus tôt dans ce supermarché auvergnat se révèle exacte : il nous faudra, à nous aussi, changer les couches de Gaspard jusqu'à la fin de sa vie.

Les parents gèrent ces symptômes avec un mélange de professionnalisme et de délicatesse qui nous marque. Parents et infirmiers. Médicaments et « bisounes ». Cette petite fille, Sofia, décédera quelques semaines plus tard. Comme beaucoup des enfants présents ce jour-là.

Certains ressemblent physiquement à notre Gaspard, ce qui nous convainc que les médecins ne se sont pas trompés. C'est désormais évident : Gaspard souffre bien de la même maladie. Ce qui est fou, c'est que ces enfants sont particulièrement beaux, ils possèdent tous un visage « poupon ». Nous apprendrons que c'est l'un des symptômes de la maladie, ce que les anglophones appellent le baby-face.

Nos regards croisent aussi ceux d'autres parents. Ils savent que nous venons de recevoir le diagnostic. Tristes pour nous, ils nous le manifestent avec tendresse et compassion. Certains ont déjà perdu leur enfant. Ils sont bien sûr peinés pour nous, mais nous sentons aussi qu'ils nous envient d'avoir encore Gaspard à nos côtés. De pouvoir l'embrasser, de pouvoir le tenir dans nos bras.

De nombreux conseils nous sont prodigués. Certains très précieux. Mais cette journée a surtout, l'immense mérite de nous faire comprendre ce que sera notre chemin avec Gaspard. Voir ces enfants si affaiblis, si handicapés par la maladie nous fait définitivement basculer dans un autre monde, avant même que Gaspard ne manifeste très clairement les symptômes de Sandhoff. En réalité, nous avons eu une chance infinie, quelques jours à peine après l'annonce du diagnostic, de pouvoir rencontrer ces familles. À moins que cela ne soit pas tout à fait dû au hasard...

☆

Pendant la conférence, nous confions Gaspard à ma maman, venue le garder à la maison. À notre retour, en le voyant dans ses bras, je mesure ma chance. Il est bien vivant, gorgé de vie même, souriant et joyeux de nous revoir après une longue séparation. Je ne peux pas m'empêcher de le comparer aux enfants que nous venons de quitter. Il est en pleine forme et nous devons savourer chaque jour sa présence. Il s'agira désormais de faire nôtre la phrase du professeur Bernard, cité par Anne-Dauphine Julliand dans son formidable témoignage Deux petits pas sur le sable mouillé : *« Ajouter de la vie aux jours, lorsqu'on ne peut plus ajouter de jours à la vie. »*

Plus facile à dire qu'à faire, en ce qui me concerne...

> Vivre est une prière que seul l'amour peut exaucer.
>
> ROMAIN GARY

Le jour où Arthur comprend que son petit frère est malade et qu'il ne guérira jamais, il devient véritablement le grand frère de Louise. C'est encore plus étrange à écrire qu'à vivre, mais c'est pourtant exactement ce qui s'est produit.

Le soir de l'annonce de la maladie de Gaspard, Arthur revêt son habit, ou plutôt sa cape, de super héros-grand frère. Lui qui s'amuse souvent avec Sibylle mais peu avec Louise, lui qui attend avec impatience que son petit frère grandisse pour pouvoir devenir son compagnon de jeu, ce soir-là, il se penche vers Louise. Il s'occupe d'elle comme je ne l'ai jamais vu faire auparavant. Il l'entoure de ses bras après le dîner, il lui lit une histoire avant d'aller se coucher.

Cette affection est peut-être une réaction à la tragédie que nous venons de lui apprendre. Peut-être souhaite-t-il aussi protéger sa petite sœur en prenant soin d'elle davantage. Peut-être encore renonce-t-il déjà à une forme de tendresse qu'il ne pourra pas offrir à Gaspard sur le long terme. Non pas qu'Arthur aime moins Gaspard. Au contraire, il multiplie les marques d'amour, mais il aime désormais son frère comme une sentinelle, un veilleur : celui qui attend et qui est là.

Ce 29 septembre, jour du diagnostic, Arthur, Sibylle et Louise ne sont pas bien vieux, et pourtant ils grandissent d'un seul coup. Ils se tournent les uns vers les autres. Le trio se penche désormais vers Gaspard. Ils se prennent d'une tendresse particulière pour leur petit frère condamné. Ils renoncent aux rêves qu'ils ont avec lui, ils s'en construisent de nouveaux. J'observe nos enfants et, d'une certaine manière, ils m'apprennent comment vivre à mon tour.

Je dis souvent que je ne connais pas d'enfants aussi jeunes qui ont perdu un frère. Je suis bien désemparée de devoir apprendre à élever une fratrie alors que manquera l'un des leurs. En les voyant si solidaires, je pense déjà à leur adolescence.

Ce livre est une des réponses que je souhaite leur apporter. En grandissant, ils sauront que l'histoire de leur frère est écrite, que des mots en conservent le souvenir à tout jamais. Ils pourront s'y replonger lorsqu'un souvenir leur fera défaut, lorsqu'ils auront envie de partager leur histoire avec un ami ou leur éventuel futur conjoint. Ils auront le récit de la courte vie de Gaspard à portée de main, et pour toujours.

☆

En cet automne 2014, je n'accueille pas la maladie avec bienveillance. Bien au contraire. Elle va m'enlever mon tout-petit, mon fils, le fruit de mes entrailles.

Mais j'accepte qu'elle vive chez moi, comme l'on se force à accepter un événement soudain, insolent et spontané. J'accepte la maladie parce qu'elle s'impose à moi. Je ne peux pas lui dire *non*, je ne peux pas lui refuser l'entrée de ma maison.

La maladie de Gaspard fait immédiatement partie de notre famille. Elle est présente jour et nuit, partout, à jamais, avec nous.

Pourquoi moi ? Pourquoi nous ? Pourquoi cette épreuve ? Pourquoi cette maladie survient-elle alors que nous sommes si heureux ?

Je ne trouve évidemment aucune réponse à ces questions qui dansent la sarabande dans ma tête. Des questions qui me rapprochent de la folie, lorsque j'y repense. Un matin, je décide de leur interdire l'accès à mon cerveau.

Comme la nature humaine est avide de questions, il me faut cependant en trouver d'autres auxquelles je peux répondre. Elles m'apparaissent un matin. Par magie. Le mot *pourquoi*, qui me tourmente tant, se transforme tout simplement en *comment*. Par magie.

Comment aider Gaspard ? Comment le soulager lorsqu'il a mal ? Comment expliquer la maladie aux enfants ? Comment raconter à Gaspard ce qui l'attend ? Comment l'accompagner au mieux ?

Autant de questions qui restent au présent. Tant mieux. C'est précisément cela ma solution ! Le fameux *Carpe Diem* : cueillir et vivre pleinement le jour présent, sans penser au lendemain. Vivre ainsi, voilà qui me sauve !

Car ce *comment* intime l'action. Il m'indique la marche à suivre. Il m'enlève un tourbillon d'incertitudes et me permet d'être incarnée, plantée dans le jour présent. Aujourd'hui, pas demain. Je peux me réaliser chaque matin auprès de nos enfants, sans glisser dans le gouffre abyssal des questions sans réponses. Chaque jour, je peux dire *oui* à l'action. Je deviens actrice de notre vie.

L'action, voilà une manière d'être dans la vie. On agit, on œuvre, on crée, on tombe, on se relève, on accepte. Je tiens enfin mon rôle sans artifices auprès de Gaspard. Ce matin-là, je choisis d'être accompagnatrice. De soutenir mon fils, de l'accompagner toute sa vie durant, jusqu'à sa mort.

Cette décision prise, je suis libérée. Je sais enfin où est ma place. Mes enfants me la montrent. Comme un veilleur attend l'aurore, je veillerai Gaspard.

☆

Au cours du mois d'octobre, nous rencontrons les appareilleurs. Ils exercent un métier dont nous ignorions jusqu'à l'existence quelques semaines auparavant. Ces professionnels viennent à l'hôpital de Garches pour prendre les mensurations de Gaspard, afin de lui créer un fauteuil adapté. Je me souviens de ces sièges alignés le long du mur du service de kinésithérapie de l'hôpital qui m'avaient tant bouleversée.

Nous y sommes. C'est notre tour. Sur un nuancier, je dois montrer la couleur de la toile qui recouvrira le fauteuil de mon enfant. Mon cœur cogne. J'ai l'impression d'une mauvaise blague. J'ai le choix entre un motif de super-héros volant ou de Winnie l'ourson. Voilà qui me donne envie de hurler : Gaspard ne marchera jamais ! Personne ne trouve que c'est un comble d'afficher un super-héros sautant et gesticulant, agile comme une araignée, sur le fauteuil d'un enfant qui ne fera pas le quart de la moitié de ce qu'accomplit Spiderman ?

Puis raisonnablement, sans scandale, car l'énergie n'est pas à mettre là, je finis par choisir une toile bleu turquoise pour la face avant du fauteuil et une grise pour l'arrière. Les appareilleurs m'écoutent, examinent Gaspard, me posent des questions sur ses habitudes de vie. Mon fils va avoir un siège-coque sur mesure, matelassé, rembourré, conforme à ses besoins, sur un socle à roulettes pour que nous puissions le déplacer d'une pièce à l'autre. La Rolls-Royce du siège adapté ! La vie a parfois ses traits d'humour...

En décembre, après plusieurs allers-retours à l'hôpital pour les derniers essayages, je charge enfin le Graal dans notre voiture familiale : le siège qui permettra à Gaspard de nous accompagner dans chacune des pièces du rez-de-chaussée.

☆

En cette fin d'année 2014, nous apprenons que notre fils ne peut plus rester à l'hôpital de jour de Garches. Il faut trouver une structure d'accueil qui pourra prendre soin de lui durablement, car l'hôpital ne peut pas l'accueillir indéfiniment. Il existe, en France, des lieux plus adaptés pour soigner les enfants malades, porteurs de handicap.

Il est douloureux pour moi de quitter les soignants qui s'occupent de Gaspard – et de nous – depuis la fin du mois d'août.

L'assistante sociale de l'hôpital nous aide à remplir un énorme dossier qu'il nous faut adresser à la Maison départementale des personnes handicapées, la MDPH. Une commission doit en effet statuer sur l'avenir de notre tout-petit et déterminer quel mode de prise en charge lui conviendra le mieux. Nous poursuivons ainsi notre découverte d'un monde jusqu'alors totalement inconnu. On nous conseille de demander la « carte orange d'invalidité » ainsi qu'une carte de stationnement pour personne handicapée. Par ailleurs, nous apprenons que nous pouvons solliciter des aides financières pour prendre soin de Gaspard. Nous apprivoisons les sigles et les termes. Tout est si nouveau.

Dans ce dossier, nous remplissons une section intitulée « Projet de vie » pour Gaspard. Là encore, l'ironie de la situation me frappe. On vient de nous annoncer que Gaspard va mourir, mais nous devons maintenant écrire comment nous souhaitons le faire vivre. Finalement, nous indiquons notre désir que Gaspard reste à la maison, et que les soignants puissent se déplacer à domicile.

Je mets quelques semaines à comprendre qu'un coup de froid ne fera pas mourir Gaspard. Il nous faut donc bien garder ce projet de vie à l'esprit. Ne pas marcher comme un condamné, mais lever la tête et marcher en la vie.

Je me fais aussi la réflexion qu'il nous faut tous vivre en sachant que la mort est au bout du chemin. N'allons-nous pas en effet tous mourir un jour ? Pourtant, la perspective de notre inéluctable mort ne nous empêche pas de vivre. Il en est de même pour Gaspard. Le fait de savoir qu'il va mourir, comme moi, comme Benoit, comme nos amis, comme notre voisin, comme l'inconnu de l'arrêt de bus, ne m'empêchera pas de le faire vivre malgré tout. Je m'en fais la promesse.

Parallèlement, nous poursuivons nos recherches d'une structure d'accueil pour Gaspard.

La neuropédiatre nous a mis en lien avec le SESAD, le Service d'éducation, de soins et d'aide à domicile. Encore un sigle à apprivoiser... Le SESAD peut assurer la prise en charge de notre

Gaspard. Plusieurs professionnels interviendront à notre domicile, en concertation avec nous, pour son bien-être. Nous avons été entendus. Notre souhait de voir Gaspard suivi à la maison est compris pleinement. C'est un immense soulagement pour Benoit et moi.

Quelques jours plus tard, nous obtenons la carte d'invalidité de Gaspard. Le courrier précise que son taux d'incapacité est égal ou supérieur à 80 %. Ce chiffre est un nouveau coup de poignard.

Le courrier nous accorde également une carte de stationnement, une allocation d'éducation de l'enfant handicapé ainsi qu'une prise en charge médico-sociale en SESAD. Le traitement de notre dossier est exceptionnellement rapide, mais nous ne l'apprendrons que plus tard, en rencontrant d'autres malades. Le caractère neurodégénératif sévère et rare de la maladie de Sandhoff a grandement contribué à en accélérer la gestion administrative. Les dossiers mettent en moyenne et au bas mot six à neuf mois à aboutir pour une famille confrontée au handicap.

Lors de la première prise de contact avec le SESAD de Rueil-Malmaison, nous comprenons vite que Gaspard va recevoir de très nombreuses visites à domicile : éducatrice spécialisée, psychomotricienne, pédiatre, psychologue, kinésithérapeute, ergothérapeute, médecin de rééducation, appareilleur... Lors du rendez-vous, Gaspard est dans mes bras. Sage, calme, apaisé. Il écoute. Lui, le premier concerné par la lecture de la charte des droits et libertés de la personne accueillie en SESAD, est impassible et ne peut dire un mot. À peine un gémissement pour marquer son impatience. L'émotion me serre le cœur.

Il n'ira pas à la garderie. Il n'ira pas à l'école. À la place, ce sont les médecins qui viendront à lui. Il nous faut renoncer à une certaine forme de normalité et lui créer la sienne, faire définitivement le deuil de ce qu'ont pu recevoir ses frère et sœurs.

En trois mois, depuis le diagnostic de sa maladie, que de chemin parcouru ! Que de soignants rencontrés ! Tous nous montrent, avec sollicitude, qu'ils ancrent Gaspard dans la vie.

Les premiers rendez-vous débutent à la maison. Nous rencontrons Christine, Florine, Marco, Patricia, Caroline, Charlotte, Angélique, le docteur P. Ces inconnus entrent chez nous pour soigner notre fils. Tous passent notre porte. Nous leur ouvrons notre foyer, notre intimité et celle de Gaspard.

J'observe les rapports qui se tissent entre eux, *les soignants*, et Gaspard, *le soigné*. Je les laisse venir à lui. Les premières fois, avec difficulté. J'ai bien du mal à leur sourire, à les laisser s'approcher de *mon* fils. Mais avec le temps, je réussis à lier des relations avec chacun. Une fois encore, Gaspard me montre comment faire. Il est heureux de ces visites, il apprécie la compagnie de tous ces gens venus pour lui. Plus d'une fois, je vois Gaspard ravi, charmé en entendant leurs voix. Un lien d'amitié se noue. Lorsqu'un soignant masse, parle, chante, panse ; il aime. Gaspard l'accueille avec son âme d'enfant, avec son cœur, comme on accueille un ami.

En attendant la fin des séances, dans la pièce mitoyenne, je tricote, je trie le linge, prête à bondir si l'on m'appelle. Toujours inquiète, je tente de m'occuper pour ne pas les gêner.

Les jours où Gaspard ne va pas bien, le soignant se contente, avec délicatesse, de passer lui dire bonjour.

Plusieurs fois, ils ne restent que quelques minutes, parce que Gaspard a sommeil, qu'il souffre, ou qu'il ne veut pas jouer. Ces jours-là, j'admire ces professionnels qui prennent la route pour Gaspard, et repartent presque aussitôt. Leur métier est une vocation. Tous sont dotés d'un don pour offrir le meilleur à notre petit garçon si malade.

Avec le temps, le planning de rendez-vous pour Gaspard s'étoffe jusqu'à devenir complètement fou.

Des rendez-vous de kinésithérapie sont désormais nécessaires pour soulager ses bronches et sa gorge, toujours encombrées. Notre chaton ronronne comme une petite locomotive... Pour une oreille non-avertie, cela produit le son d'un enfant atteint d'une bronchiolite. Un ronronnement irrégulier et sonore, des sécrétions bloquant sa trachée. Ce bruit fait à présent partie de notre quotidien. Gaspard a toujours respiré ainsi, sans jamais pouvoir être soulagé. C'est un des symptômes de la maladie.

Certaines séances sont difficiles, Gaspard est souvent perclus de douleurs. Les séances de kinésithérapie, initialement prévues deux fois par semaine, deviennent quotidiennes. Elles le resteront jusqu'à la fin.

Les kinés de Gasp' font partie de ces gens que nous n'oublierons jamais. Depuis que notre fils est parti, ses soignants nous manquent... beaucoup ! Le lien qu'ils ont tissé avec Gaspard est indélébile. Tous ou presque sont venus lui dire au revoir le jour des funérailles. Ce jour-là, les voir auprès de nous est un réconfort et une douleur à la fois. Nous les voyons pour la dernière fois, eux dont les visites ont rythmé notre vie.

La soignante la plus régulière a été la psychomotricienne Florine. Elle est venue chez nous de décembre 2014 à janvier 2017. Deux ans et un mois de fidélité.

Elle offre chaque semaine à notre Gaspard une heure de jeux adaptés à son état. Des comptines, des sorties imaginaires à la plage ou à la ferme, des balancements dans une toupie ou dans un drap tendu, la découverte de nouvelles sensations grâce à des balles à picots ou des bâtons de pluie. Florine crée tout un monde pour extraire un instant Gaspard de sa maladie.

À elle, je ne cache rien. Ni mes larmes, ni mes coups de mou, ni mes petites victoires, ni mes nuits difficiles, ni mes interrogations. En entrant chez nous, elle prend la température de l'atmosphère, et elle agit en conséquence pour que ces séances apportent à Gaspard joie, réconfort, compassion ou amitié selon l'ambiance qui règne à la maison. Notre fils l'aime beaucoup.

Comme nous, elle s'endeuille chaque semaine, en découvrant ce que Gaspard ne fait plus. Comme nous, elle s'adapte à l'état évolutif de notre enfant. Quelquefois, Florine garde Gaspard à la maison et me permet de m'échapper quelques minutes, le temps d'aller chercher les enfants à l'école, prendre le courrier, courir acheter du pain ou une revue. Lors de ces brefs instants de liberté, j'inspire à fond. En haut, l'air de l'appartement, chargé de mon angoisse, me paraît irrespirable.

La maladie de Sandhoff est une maladie génétique à transmission autosomique récessive. La traduction de ce charabia scientifique est pour nous terrible, car implacable : à chacune des grossesses de Marie-Axelle, nous avions une chance sur quatre de donner naissance à un enfant atteint de cette maladie.

Au moment de la naissance de Gaspard, nous ignorons bien sûr tout de cela. La loi de la génétique, sorte de loterie dont les récompenses sont des années de vie, nous a épargnés à trois reprises. Arthur avait une chance sur quatre de recevoir la maladie en héritage. Sibylle et Louise également. Autant dire qu'ils sont tous les trois de véritables petits miracles de vie, de santé et de gaieté. Voir les deux filles grandir en sagesse et Arthur en maturité fait à présent éclater à nos yeux l'évidence de notre bonheur d'être parents. Tout en nous faisant parfois ressentir aussi, plus vivement, l'absence de Gaspard.

Mais en réalité, tout aurait pu basculer dès l'arrivée d'Arthur en 2006. Je n'ose pas imaginer ce qu'aurait été notre vie si nous avions été frappés par ce malheur à l'époque, dans l'insouciance de notre première année de mariage...

Le corollaire c'est qu'aujourd'hui, si notre amour conjugal devait à nouveau s'incarner, prendre chair en un nouvel enfant, nous aurions toujours une chance sur quatre d'engendrer un bébé porteur de la maladie de Sandhoff. Que faire alors ?

Nous nous sommes intéressés de très près à cette question, et nous connaissons dorénavant parfaitement les possibilités offertes par la science. Porteurs d'une maladie génétique dégénérative incurable, nous pouvons en effet prétendre légalement – et prioritairement – à l'une ou l'autre méthode de procréation médicalement assistée, qui nous garantirait de donner la vie à un enfant « sain », non porteur de la maladie de Sandhoff. Diagnostic préimplantatoire, diagnostic anténatal : tout cela nous serait proposé.

Mais, à vrai dire, nous nous sentons au fond de nous-mêmes incapables de choisir, incapables de décider quelle vie mérite d'être vécue ou non. Avoir éprouvé au fond de ses entrailles de manière concomitante la fragilité de la vie et son incomparable richesse invite à considérer chaque décision dans ce domaine avec une infinie précaution. Sans dogmatisme, mais sans angélisme non plus. Même au stade embryonnaire, le fruit de notre amour est déjà pour nous « celui qui sera », pour reprendre les mots de Tertullien.

En outre, notre responsabilité de parents nous oblige à être prudents et raisonnables, ne serait-ce que pour protéger nos trois aînés d'un nouveau drame qui pourrait provoquer chez eux des dégâts irréversibles. Chaque famille est différente, et il nous semble que la nôtre présente désormais des fragilités non négligeables.

Nous pourrions nous lancer dans des procédures d'adoption. Mais sans présager des choix que nous ferons dans les prochaines années, ni des élans de nos cœurs, le chemin que nous prenons aujourd'hui nous éloigne de cette possibilité.

☆

Une de nos amis, Blanche Streb, après avoir vécu un deuil prénatal puis donné naissance à un grand prématuré, a dû renoncer à d'autres grossesses. J'ai aimé échanger avec elle. Son témoignage m'a beaucoup marqué : « C'est difficile de renoncer à la maternité, mais il ne faut pas pour autant renoncer à une forme de maternité qui est présente en permanence dans le corps et le cœur des femmes. Il peut y avoir une maternité affective, culturelle, spirituelle. Renoncer, ce n'est pas seulement dire "non", c'est aussi poser des "non" féconds, qui sont porteurs de beaucoup de "oui". »

Je crois que ses mots peuvent s'appliquer à la fécondité conjugale de manière générale. Notre « non » à un autre enfant peut devenir un beau « oui » à l'appel que nous ressentons pour témoigner de la vie de Gaspard.

Avec Marie-Axelle, nous souhaitons que notre couple soit toujours fécond, qu'il continue à porter des fruits. Notre désir d'aimer est intact. Différent, mais intact. Il prend de multiples formes aujourd'hui, et nous n'en sommes qu'au début du long chemin qui nous attend. Nul doute donc que la manière dont nous expérimentons notre fécondité familiale évoluera à l'avenir.

Notre désir de témoigner de ce que Gaspard a changé dans nos vies procède aujourd'hui de ce désir profond de fécondité alternative. Désir de transmission, de partage, sans orgueil ni narcissisme.

Nous n'étions absolument pas préparés à tout cela, et pourtant quelque chose nous a rendus heureux, profondément heureux. Cela nous a consolés.

Heureux les fêlés, car ils laisseront passer la lumière.

MICHEL AUDIARD

2015 arrive, et avec elle, l'heure des vœux. Bonne année ! Si je remercie sincèrement ceux qui ont le courage de me présenter leurs vœux, je bouillonne lorsqu'on me dit : « Et la santé surtout, hein ? C'est important la santé ! »

2015 marque une nouvelle étape pour Gaspard. Nous décidons de suivre la recommandation du gastro-entérologue et de le faire opérer de la gastrostomie à l'hôpital Robert-Debré, dans le 19e arrondissement de Paris. Cette intervention doit pallier en amont les troubles de la déglutition qui ne tarderont pas à s'installer définitivement. Un embout de plastique appelé bouton de gastrostomie, relié à une poche de lait par une tubulure, va être installé par le chirurgien sur sa paroi abdominale et sera directement relié à son estomac. Ce système l'aidera à être alimenté lorsqu'il ne pourra plus être suffisamment nourri par la bouche. La veille de l'opération, à la sortie du bain, je prends une dernière photo du ventre tout rond et tout lisse de mon bébé de dix-sept mois. Je l'embrasse de tout petits baisers, pour dire adieu à ce bidon tout doux. L'opération va déformer ce ventre adorable. J'en suis malade. En effet, le bouton en plastique sera extérieurement visible pour permettre les branchements. Une nouvelle étape de deuil à franchir.

Nous faisons le choix d'opérer Gaspard alors qu'il prend encore ses biberons et ses purées car, plus tard, son petit corps supportera mal l'anesthésie générale et les effets secondaires de l'opération. Nous utiliserons l'embout seulement pour passer un peu d'eau et tous nous y habituer.

Après l'opération, je demande le transfert de Gaspard à l'hôpital de Garches. Je me sens perdue à Robert-Debré, où nous ne connaissons personne. Je passe mes nuits près de Gaspard, assise sur un fauteuil, sans avoir pu récupérer un lit sur lequel m'allonger. Je devrais pourtant me moquer de ne pas avoir de lit. Je voudrais pouvoir me passer d'une couche de fortune, échanger mon confort contre le soulagement de mon fils. Mais voilà, mon fils n'ira jamais mieux et je suis fatiguée. Je me sens seule aussi, loin des enfants et de Benoit.

J'appelle la neuropédiatre de Gaspard et nous organisons son transfert dans le service des soins intensifs de l'hôpital de Garches. Nous nous y sentons *chez nous*, nous retrouvons nos habitudes et nos infirmières préférées.

Nous rencontrons aussi de nouveaux soignants. Une diététicienne m'explique le fonctionnement de la gastrostomie. Ce vrai cours de soin me prépare à devenir l'infirmière de mon fils. Nous parlons débit, vitesse, tolérance de nutrition, position confortable, tubulures. J'apprends à faire fonctionner la pompe de nutrition, à nettoyer la plaie de Gaspard autour du bouton de gastrostomie. Sa nourriture nous sera désormais livrée à domicile chaque mois. Les repas deviennent des moments délicats.

Il nous faut bien observer Gaspard pour éviter les fausses routes. Une toux est le signe qu'il déglutit mal. Un mini-étouffement est le signe qu'il faut passer à la nutrition dite « entérale », c'est-à-dire par le ventre directement. C'est aussi le signe que la maladie progresse...

☆

Une nouvelle étape survient encore, particulièrement difficile : faire le deuil du rire de son enfant. Pour cela, personne ne nous avait prévenus. Je ne m'y suis pas préparée, je ne m'y attends pas.

Gaspard rit de moins en moins, lui qui était si coquin et tellement charmeur. Chaque éclat de rire devient précieux. De vraies pépites à conserver dans notre mémoire auditive. Nous le stimulons parfois, nous le poussons à rire, en jouant au jeu du caché-coucou que Gaspard adore. Nous le filmons même parfois. Pour ne pas oublier. Et puis un jour, je me dis que cela fait quelques jours que je n'entends plus son rire. Je le vis comme une nouvelle confiscation de la maladie.

Adieu rire d'enfant, adieu rire de Gaspard. Un nouveau deuil. Celui-ci me dévaste.

Pourtant, je sens que Gaspard rit encore, quelques fois, à l'intérieur de lui. Il esquisse des sourires lorsqu'un son lui fait plaisir. C'est peu, mais c'est déjà beaucoup.

Pour nous montrer sa tristesse, il en va de même. Gaspard pleure sans doute à l'intérieur de lui-même, mais il n'a pas de larmes. Plus une seule ne coule.

Gaspard n'est pourtant pas dénué de sentiments. Privé de communication verbale, il trouve moyen de se faire comprendre. Il nous montre ses émotions... avec son front. Il nous faut être vigilants, et rester à ses côtés pour bien l'observer. Il fronce et défronce les sourcils pour exprimer ce qu'il ressent. Gaspard m'épate. Quelle victoire de pouvoir encore échanger avec lui !

Lorsqu'il est gêné, inquiet, fatigué ou qu'il a mal, il arque les sourcils pour nous dire qu'il a besoin d'être soulagé ou rassuré. Lorsqu'il est joyeux, je sais qu'il apprécie notre compagnie et qu'il souhaite jouer parce que son front est lisse.

Dans ces moments-là, je lui parle comme à un petit garçon de deux ans. J'ai mis au point une petite stratégie pour lui permettre d'exprimer sa volonté.

Je lui dis par exemple : « Si tu veux que je te lise une histoire, serre le doigt de maman. Si tu veux que je te chante une chanson, regarde maman. Si tu veux que je te laisse te reposer pour la sieste, fronce tes sourcils. » Je patiente et j'attends sa réaction. Mais je conclus toujours en lui demandant pardon, si le choix qu'il a fait n'est pas celui que j'ai compris. Je veux lui montrer que je suis à son écoute, et que sa décision prime et m'importe.

À deux ans, un enfant est en phase d'opposition et dit souvent « non ». Je me souviens de cette période peu évidente avec nos aînés. En fonctionnant avec Gaspard sous forme de questions-réponses, je valorise sa place d'enfant de deux ans et je veux lui permettre de manifester son opposition en me montrant ses émotions.

Ce type de communication m'aide à échanger avec Gaspard. Cela me permet de tisser des liens avec lui. J'arrive à le deviner, c'est ma plus belle victoire. Sibylle et Louise y parviennent très bien aussi. Elles sont à son écoute. Pas à la leur, mais à la sienne. Elles viennent me voir lorsque Gaspard en a assez d'être sur un côté ou d'écouter des comptines. Elles me disent quand il a faim ou qu'il veut changer de fauteuil. Nous arrivons à nous comprendre ! L'instinct féminin fait des merveilles.

Simplement, il faut du temps, beaucoup de temps. Le temps est un repère qui n'est plus le même lorsque l'on s'occupe d'un malade. Il est démultiplié. Il faut être patient, disponible, et ce n'est pas toujours évident. Quelques soirs de grande fatigue ou d'agacement, nous avons essayé d'aller plus vite, de distribuer les médicaments plus rapidement, d'accélérer. Mais un acte loupé nous fait tout recommencer plus calmement.

☆

Alors que nous nous approchons des deux ans de Gaspard, nous déposons une demande d'admission à la Fondation Paul Parquet, une crèche médicalisée qui accueille des enfants porteurs de handicap. Elle se situe à Neuilly-sur-Seine, à quelques kilomètres à peine de la maison. Nous serions si heureux qu'il puisse y rencontrer d'autres enfants, qu'il ait un petit bout de vie sans sa maman. Il serait appréciable pour moi aussi de le laisser quelques heures mener sa vie.

Un grand pas pour moi d'accepter de me séparer de lui quelques heures chaque semaine. Nous croisons les doigts...

Contre toute attente, nous recevons une réponse positive quelques semaines plus tard.

Nous faisons connaissance avec une nouvelle équipe qui, en plus du SESAD, va s'occuper de Gaspard un jour par semaine.

Béni soit ce temps de crèche, où Gaspard vit, avec Khadija son auxiliaire de puériculture, une extraordinaire aventure. Il est cajolé, aimé et entouré. Je me sens en confiance avec l'infirmière Babeth et la pédiatre. Elles me conseillent plus d'une fois pour un traitement à modifier, un pansement à faire, une plaie à soigner, un bouton de gastrostomie à changer ou à vérifier.

Pendant cette période, je trouve un emploi à temps partiel. Tous les lundis, je profite que Gaspard soit à la crèche pour aller travailler à Paris. Ces journées passées au bureau, avec mes collègues Ludovic et Elielle, sont une bouffée d'oxygène. Le reste de la semaine, je travaille à la maison.

Cette vie en collectivité pour notre fils s'interrompt un an plus tard parce que la maladie progresse très vite. Gaspard rentre trop fatigué. Il passe la journée du lendemain à s'en remettre. Les trajets en ambulance se déroulent de moins en moins bien. Même les ambulanciers ne sont plus très rassurés.

Mais nous ne regrettons pas d'avoir inscrit Gaspard pour ces journées en crèche. Il a réellement pu profiter de ces instants et rencontrer d'autres enfants.

Ces fameux lundis, je peux aussi accompagner Arthur, Sibylle et Louise à l'école. Cet acte banal, devenu si rare, est une vraie joie. En effet, il est désormais devenu impossible de sortir Gaspard de la maison : il supporte avec difficulté la position assise en poussette, il a mal aux reins, au coccyx, au dos. Les enfants partent seuls le matin pour l'école, de l'autre côté de la rue. Ils rentrent également seuls le soir. Parfois, ils sont raccompagnés par une amie ou l'une de leur grand-mère, mais la plupart du temps Arthur, Sibylle et Louise se débrouillent comme des grands. Nous n'avons pas le choix.

☆

En juillet 2015, le temps des vacances arrive. C'est en train que Gaspard et moi partons pour Aix-en-Provence, chez la famille de Benoit. Nous utilisons pour la première fois la carte de transport pour personne handicapée et le papillon précisant que Gaspard a besoin d'accompagnateur.

Lorsqu'on part avec Gaspard, rien n'est de tout repos. Il nous faut trouver des kinésithérapeutes sur place. Stéphane et Céline seront ceux des vacances. Les hôpitaux sont prévenus de l'arrivée de Gaspard dans leur secteur. Je me suis mise en lien avec chaque service de neuropédiatrie et de réanimation.

Le classeur de Gaspard ne nous quitte jamais. Il rassemble toutes ses ordonnances, les numéros de téléphone utiles, les comptes-rendus médicaux. Dans son sac de « survie », nous avons toujours un kit de compresses, une trousse à médicaments, un bouton de gastrostomie de rechange, une tubulure et une poche de lait enrichi. Sa fiche de directives anticipées est coincée dans nos portefeuilles. J'en glisse des photocopies partout : dans son sac de soin, dans son carnet de santé. Ainsi, les urgentistes tomberont forcément dessus s'ils doivent intervenir en notre absence.

Cette feuille récapitule ce sur quoi nous sommes d'accord, Benoit et moi. Nous avons tranché. Nous ne voulons pas d'acharnement thérapeutique, pas de réanimation, pas d'intubation pour notre fils. Il n'y aura pas d'acte de réanimation sur son petit corps malade. C'est notre choix pour lui.

Gaspard est heureux en vacances. Il est câliné par tous et prend des forces auprès de chacun. Ou bien est-ce chacun qui se ressource auprès de lui ? Son oncle Philou, atteint d'un grave cancer, le prend dans ses bras. Les deux malades se retrouvent dans le frais salon de la maison aixoise. Leurs cœurs échangent, leurs âmes communient. Ils se donnent des forces pour affronter l'épreuve de la maladie. Ils savent tous les deux qu'ils vont mourir. Ils savent qu'ils vont dans la même direction. Notre oncle nous quittera quelques mois seulement avant Gaspard. Les mots sont bien pauvres pour expliquer toute la force qui se dégageait de lui. Jusqu'au bout de sa maladie, il continuera à nous écrire, à prier pour nous, à nous montrer comment vivre. Nous croyons que Gaspard est près de lui aujourd'hui.

Le 26 juillet, nous fêtons les sept ans de Sibylle. Nous dansons sur la terrasse, sous une belle guirlande lumineuse que Bon-papa aime accrocher chaque été d'un platane à l'autre. Gaspard est dans mes bras, enveloppé dans une couverture. Nous sommes tous réunis, tout à la joie d'être ensemble. Ce moment a une saveur particulière, un avant-goût d'éternité.

Ces instants de grâce nous font espérer qu'un jour, nous nous retrouverons pour danser encore, éternellement. Cette espérance nous a permis de mesurer l'importance des moments de qualité passés à vivre ensemble. Si nous croyons qu'un paradis existe, une fois nos âmes libérées de nos corps morts, nous pourrons nous y retrouver un jour. Seulement, pour y parvenir, l'Amour doit être au cœur de tout. Toujours. À nous d'y travailler.

En Auvergne, chez mes parents, nous visitons la semaine suivante un temple bouddhiste. J'apprends qu'un bouddhiste doit réaliser une retraite de trois ans, trois mois et trois jours pour le devenir vraiment. J'en suis impressionnée. Tandis qu'un moine nous fait visiter le temple aux couleurs sublimes, il nous parle du paradis. Selon lui, l'homme est capable de travailler toute sa vie pour trouver la clef de son propre nirvana. Il faut œuvrer tous les jours pour devenir libre et se connaître parfaitement soi-même. Je trouve fabuleux que cette philosophie de vie ressemble, par cet aspect, à ma religion. Cela trouve un écho en moi. Je veux moi aussi travailler et façonner mon cœur pour accéder au paradis. Je veux moi aussi tout faire pour retrouver plus tard les personnes que je chéris tant.

Le moine ajoute qu'il est possible qu'un homme ne trouve pas son bonheur, le fameux nirvana, en une seule vie. À l'heure de sa mort, le bouddhiste se réincarne seulement s'il ne l'a pas trouvé.

Je ne crois pas en la réincarnation, mais je suis heureuse de découvrir cette similitude entre bouddhisme et christianisme. Nous travaillons tous à la même chose : gagner son paradis !

☆

À la fin de l'été, Gaspard ne mange plus à la cuillère que son goûter. Il ne parvient plus à avaler les autres repas correctement. Il accepte encore quelques cuillères de pâte à tartiner, de crème dessert au caramel ou au chocolat, de fromage frais aromatisé aux herbes qu'il adore. Juste pour son plaisir. Mais bientôt, il nous faut aussi renoncer à ces petites joies, lorsque le simple fait d'avaler devient un effort considérable pour notre petit homme. Nous nous servons régulièrement du bouton de gastrostomie puis, très vite, quotidiennement.

Pouvoir alimenter mon enfant est une autre étape à laquelle je dois renoncer. Toute mère décide un jour de sevrer son enfant. Mais là, c'est la maladie qui m'impose d'arrêter de le nourrir moi-même. Je n'ai plus de cuisine à faire pour lui, plus de recettes à inventer, plus de plats à préparer.

Cette épreuve s'ajoute à toutes les autres. Je m'endeuille encore, à nouveau, un peu plus.

L'été touche rapidement à sa fin et après une rentrée paisible, en novembre 2015, soit plus d'un an après le diagnostic, Gaspard est au plus mal. Une infection tenace l'empêche de respirer convenablement et fait monter sa fièvre. Inquiets, les médecins décident alors de l'hospitaliser jusqu'à ce que son état se stabilise. Les premiers jours de l'hiver sont glaciaux, et Gaspard n'est pas assez costaud pour résister à ces premiers frimas.

Marie-Axelle et moi nous relayons à ses côtés, dans sa chambre d'hôpital. Nous nous croisons quelques minutes à peine le soir, autour d'un sandwich à la cafétéria du CHU, lorsque je viens la remplacer au chevet de Gaspard après ma journée de travail. Max rentre ensuite à la maison pour retrouver les trois grands, tandis que je retourne dans la chambre du petit roi. Je le quitte vers minuit, après la dernière relève des équipes médicales. Je veux m'assurer que le personnel hospitalier de garde, infirmières et aides-soignantes, prend bien en compte les besoins spécifiques de notre Gaspard.

Pendant les quelques heures de calme que je passe dans sa chambre, mon esprit vagabonde : je bouquine, je lis mes mails, je passe quelques coups de téléphone, je traîne sur les réseaux sociaux, dont je raffole ! Un soir, je tombe par hasard sur la page Facebook « Tombée du nid », du nom du livre de Clotilde Noël, dans lequel elle raconte le processus d'adoption de son septième enfant, une petite princesse blonde porteuse de trisomie 21. Sur cette page, les témoignages d'enfants « différents » se succèdent pour partager la richesse cachée derrière la faiblesse apparente du handicap. L'un après l'autre, je lis tous les « posts » de la page. Tous sont très émouvants, durs parfois, mais toujours inspirants. Chaque fois, l'enfant « différent » s'adresse directement à Marie, la petite fille adoptée par la famille Noël.

Pris d'une subite inspiration, je sors mon ordinateur et le dépose sur la petite table qui jouxte le lit de Gaspard. Je la vide des compresses, brumisateurs, emballages de tubulures et autres joyeusetés.

« Je vais raconter ton histoire, Gaspard. Tu vas voir, on va montrer à tout le monde à quel point tu es un héros, à quel point maman et moi sommes fiers de toi et heureux d'être tes parents. » Deux jours plus

tard, après quelques retouches, le témoignage est en ligne.

Nous n'en attendions rien et pourtant, à notre immense surprise, nous voyons la publication partagée par des milliers de personnes et « likée » plusieurs dizaines de milliers de fois. Nous sommes submergés de messages de soutien, d'encouragements, de propositions d'aide, de témoignages de parents. Beaucoup d'internautes nous demandent de donner des nouvelles de notre héros dans les semaines à venir. L'ampleur prise par cette publication – qui n'avait aucune ambition – est proprement hallucinante !

À cette époque, Marie-Axelle et moi utilisons depuis quelques mois déjà un blog pour donner des nouvelles de l'état de santé de Gaspard à nos proches et les informer de l'évolution de la maladie, des résultats des différents examens. Nous partageons aussi quelques réflexions plus intimes sur la façon dont nous ressentons les choses. Ce blog, nous l'avions ouvert en 2010 pour faire vivre à nos familles notre expérience de deux ans en Martinique. Marie-Axelle l'avait appelé « Les doigts d'pieds en éventail ». Tout un programme...

Avec le succès de cette publication, la question se pose alors d'ouvrir une page Facebook consacrée à Gaspard en remplacement de ce blog. Celui-ci n'est ouvert qu'à ceux que nous choisissons, tandis qu'une page Facebook peut être consultée par tous ceux qui le souhaitent, sans droit de regard de notre part... Voilà qui n'est pas anodin, et Marie-Axelle se montre d'abord assez réticente. Pour ma part, j'aime plutôt cette idée, tant je sens que Gaspard est en train de bouleverser le papa, le mari et l'homme que je suis. Je sens que sa courte existence est un formidable hymne à la vie et à l'amour. Plus prosaïquement, j'espère aussi pouvoir assouvir ma soif d'écrire dans un élan quasi cathartique. J'ai besoin de dire ma souffrance, de dire mon admiration sans bornes pour Gaspard et pour ma femme. J'ai besoin de cesser d'être en colère et d'accepter mon impuissance, mon désespoir, en mettant des mots sur l'indicible. J'ai besoin d'aide, aussi.

Toutes ces raisons, plus ou moins assumées à ce moment-là, me permettent de convaincre Marie-Axelle. De la faire céder plutôt... et le 29 novembre 2015, nous créons tous les deux la page « Gaspard, entre terre et ciel », sur Facebook.

Cette date marque le début d'une extraordinaire aventure. Une aventure avec des hauts et des bas, des certitudes et des doutes, des encouragements et des critiques, de l'admiration et de l'incompréhension. Mais une aventure féconde, indéniablement. D'une fécondité qui dépassera très largement nos espérances, même les plus folles. Une aventure qui, pour moi, se transforme progressivement en vocation. Une sorte d'appel.

En quelques mois, des dizaines de milliers de personnes s'abonnent à la page. À chaque nouvelle publication, des centaines de personnes nous rejoignent. Petit à petit, une communauté se crée autour de Gaspard : nous l'appelons la #teamGaspard. Aujourd'hui, elle compte près de 120 000 membres !

Nous nous fixons quelques règles simples, au fur et à mesure des semaines : une seule publication par semaine, souvent accompagnée d'une photo nous permettant de faire un point de situation sur l'état de santé de Gaspard, et quelques réflexions personnelles sur nos sentiments du moment.

Je dois avouer qu'au début, je décris davantage la façon dont je voudrais vivre les choses, plutôt que la façon dont je les vis réellement. Marie-Axelle m'en faisait gentiment le reproche : « Si tu pouvais être vraiment comme ça dans la vraie vie, mon chéri, ce serait plus facile pour moi... » Puis, progressivement, je réussis à exprimer ma souffrance. Dans les moments difficiles, dans les moments de déprime, je me rattache alors à l'écriture pour essayer de comprendre. C'est tout particulièrement le cas lorsqu'un soir j'écris le texte suivant :

« Il y a quelques jours, alors que mes trois enfants m'offraient leurs traditionnels cadeaux "made in school" pour la fête des pères, je pensais à mon Gaspard et je me demandais, au fond de moi, si j'étais un bon père.

Parce que finalement, parfois, j'en doute. J'en doute parce qu'être le père d'un enfant qui se rapproche doucement de la mort, c'est un long chemin de croix. Un chemin semé de doute sur le sens que prend cette épreuve, de remords, de remises en question, de moments de tristesse ou encore de combats intérieurs contre un égoïsme qui n'a pas le bon goût de diminuer dans l'épreuve. Vivre avec cette terrible échéance en tête, c'est souvent comme pagayer face au courant : on s'épuise, mais on recule. Alors forcément, on ne se sent pas toujours à la hauteur.

D'autant plus que pour un père, il y a peu de cénacles accueillants pour "vider son sac". Si les mamans sont souvent pleines de talents pour échanger, les papas se contentent trop souvent d'un "Comment va ta femme?" Difficile de répondre: "Ma femme va bien. Mais moi, non." Et pourtant, parfois...

Pour les papas (et beaucoup de mamans aussi, of course*), il y a aussi la délicate question du travail. Que faire? Mettre sa carrière entre parenthèses et arrêter de travailler? Mais pour combien de temps? Et comment on paiera le loyer? Et s'il vivait plus longtemps que prévu? Et si je ne retrouve pas de travail après? Bref, autant de cailloux dans la chaussure chaque matin, qui deviennent parfois des épines qui blessent le cœur.*

Être le papa d'un enfant qui va mourir, c'est aussi préparer l'après, cet après qui effraie tant. Il sera impossible de vivre comme avant car notre soleil, notre astre familial, celui autour de qui tout tourne, ne sera plus là pour nous montrer le chemin. Enfin, il sera toujours là, mais différemment. Et c'est notre rôle de père, je crois, de préparer ce futur, parce que nos autres enfants méritent le meilleur et qu'ils seront sans doute fragilisés pendant quelques années par ce qu'ils ont vécu aux côtés de Gaspard. Je ne pense pas qu'on sorte indemne de ce genre d'épreuve.

Il y a une dernière chose : l'impuissance. C'est sans doute le pire. Pour un homme, être impuissant est sans doute la chose la plus dure à encaisser. Ne pas pouvoir, ne pas être capable de sauver son fils, ne pas pouvoir éviter qu'il souffre.

Je dois avouer que je n'ai résolu aucun de ces problèmes. Je me sens terriblement impuissant, j'ai continué à travailler, j'ai préparé l'avenir le mieux que je pouvais.

Alors, un soir, j'ai décidé que Gaspard allait me montrer ce qu'il attendait de moi. Je me suis assis sur son lit et je lui ai demandé. Il n'a pas bougé, pas émis le moindre son, même pas cligné des yeux. Il est resté impassible. J'ai attendu, attendu presque deux heures. Je l'ai écouté respirer, je l'ai regardé, je l'ai essuyé, je l'ai embrassé, j'ai un peu prié, je me suis un peu endormi aussi... et la réponse m'a soudain semblé évidente. Il veut juste ça. Il veut juste que je l'aime. Il ne veut pas que j'arrête de travailler, il ne veut pas que je le guérisse, il ne veut pas que j'élabore des plans fumeux pour après-demain. Il veut qu'aujourd'hui je l'aime. C'est tout. C'est beaucoup.

Alors, ce soir, je voudrais tirer mon chapeau à tous les papas d'enfants extraordinaires, à tous ceux qui portent cette lourde charge. Je suis certain que nos enfants sont fiers de nous. Très fiers même. Et un jour, on fera tous un match de foot au Ciel. Gaspard sera l'avant-centre et je le regarderai, fier comme un Bar-Tabac !»

☆

Cet amour reçu de la #teamGaspard est protéiforme. Il se traduit par de longs échanges sur Internet, des prières, des cadeaux, des cartes postales, des lettres souvent bouleversantes. Par des visites à la maison parfois, aussi.

Mais, plus encore, par de superbes témoignages de ce que Gaspard change dans les cœurs. Sans briser le secret de certaines confidences, je peux dire que la fécondité de Gaspard a été immense : de nombreux papas ont changé leur façon d'équilibrer leur temps entre boulot et maison, un chirurgien a changé sa façon d'appréhender ses malades, des mamans ont consacré plus de temps à leurs enfants, des couples se sont réparés, des familles se sont réconciliées. Certains ont aussi découvert ou redécouvert les merveilles de l'Amour. Nous ne comptons plus le nombre de personnes qui confiaient à Gaspard leurs angoisses, leurs faiblesses, leurs prières...

Lui, le plus vulnérable, enseignait aux plus grands.

Aujourd'hui, alors que j'écris ces lignes, je m'étonne toujours de l'incroyable charisme de Gaspard, de sa « popularité ». Je crois que Gaspard permettait à chacun de ses « admirateurs » de comprendre que chaque personne est une merveille, un trésor à la valeur inestimable. Et pour mettre en valeur ce trésor, il suffit d'aimer. Rien de plus, mais rien de moins !

Or, chacun d'entre nous, « capitaine de son âme », en est capable. Il suffit d'aimer et de se laisser aimer... Il suffit de vivre l'instant présent, de l'habiter pleinement. Gaspard a augmenté la dimension de notre temps et nous a appris à accroître l'intensité de chaque moment, en nous souciant beaucoup moins de ce qui arrivera demain. Le pain d'hier est rassis, le pain de demain n'est pas cuit : alors mangeons celui d'aujourd'hui...

Sacrée leçon que tu nous donnes, mon fils !

☆

Pour autant, ni la page Facebook, ni notre foi ne nous auront empêchés de souffrir. Dire le contraire serait un mensonge. Il est indispensable de l'écrire ici.

Certains nous demandaient parfois : « Cela doit être moins difficile pour vous, avec le succès de la page de Gaspard, et avec votre foi, non ? » Je leur répondais invariablement : « Non, ce n'est pas moins difficile. Les maux de Gaspard ne diminuent pas proportionnellement au nombre de "likes" et de prières, hélas. Un "like" n'a jamais fait diminuer sa fièvre. Et puis, tu sais, nous n'avons trouvé aucun sens aux souffrances de Gaspard. Je donnerais ma vie pour qu'il puisse vivre. Mais, ce qui est vrai, c'est que nous sommes davantage consolés. Consolés par l'amour que nous recevons, qu'il vienne du Ciel ou du Web. »

Ceux qui vont mourir
nous apprennent à vivre.

MARIE DE HENNEZEL

Comment débuter ce chapitre sur la dernière année de Gaspard ? Je ne sais pas, je ne suis pas sûre de moi. Il faut bien parler des derniers mois qui ont précédé sa mort, mais je ne sais pas par où commencer. Cela fait plusieurs semaines que j'essaye de noircir les pages blanches, mais je n'y parviens pas. Je dois me replonger dans le vieux calendrier familial gardé précieusement, comme un trésor, comme tout ce qui concerne Gaspard.

Je prends enfin mon courage à deux mains. Je laisse mes doutes de côté pour vous confier quelques morceaux choisis de sa vie.

L'année 2016 est remplie de dernières fois. C'est sans doute pour cela qu'il est si difficile de s'y confronter. Ouvrir à nouveau ce pan de vie est douloureux, mais je veux aussi me souvenir de tous ces ultimes moments.

Le mois de janvier s'ouvre comme toujours en la compagnie de nos amis les plus chers. Le réveillon de la Saint-Sylvestre est une belle occasion de s'en entourer. Camille est l'une d'entre eux. Elle aussi a perdu son petit garçon. C'est l'une des premières personnes vers qui j'ai accouru après l'annonce du diagnostic. Je lui ai demandé de m'aider, de me montrer comment faire pour continuer à vivre après la mort de son enfant. Elle a répondu qu'elle serait là pour moi et qu'elle m'apprendrait. Nous nous voyons régulièrement et c'est toujours une joie de se retrouver. Elle m'apprend qu'il est possible de se relever après la tragédie, petit à petit, lorsque le cœur, le corps, l'esprit, l'âme et l'intelligence sont prêts.

À la fin du mois de janvier, ma petite sœur célèbre ses fiançailles avec Stéphane : nous en sommes si heureux ! Nous partons à cinq, sans Gaspard, car la route est longue et le temps trop hivernal pour vivre cet événement avec lui. Ce week-end me prouve qu'il est possible d'être unis à Gaspard sans forcément être auprès de lui. C'est une chose que j'expérimente pour la première fois. C'est violent, c'est difficile, mais j'apprends que la mort prochaine de mon fils ne m'empêchera pas de l'avoir avec moi, dans mes pensées et dans mon cœur. Je serai, où que je sois, en communion avec lui. Toujours, sans cesse, pour l'éternité.

☆

Pendant les vacances de février, on me demande de venir au SESAD avec Gaspard afin de fabriquer des petites attelles sur-mesure pour ses pieds. Je l'emmène à reculons. Je n'ai pas la moindre envie de sortir mon fils par un froid polaire pour assister à un énième rendez-vous. Je suis en colère. Je voudrais qu'on nous laisse tranquilles.

Les rencontres avec de nouveaux soignants me lassent, je suis fatiguée de courir partout, sans arrêt, mon chou dans les bras. Je ne comprends pas à quoi serviront ces attelles. Je ne vois pas l'utilité d'équiper ses pieds d'accessoires en plastique trop dur. La kiné et la neuropédiatre m'expliquent qu'elles serviront à redresser ses pieds en équin, mais cela m'est égal.

C'est trop pour moi. Gaspard est grognon pendant le rendez-vous, et je m'en félicite. Lui non plus n'est pas d'accord. Ou bien peut-être sent-il ma révolte...

Et puis, finalement, on se résout à tout. Les attelles sont prêtes. Elles ne prennent pas beaucoup de place. Je peux les mettre dans le sac de la crèche tous les lundis matin. Gaspard les porte là-bas parce que son auxiliaire de puériculture prend le temps, elle, de les lui mettre pendant la journée. Malgré quelques remarques de la psychomotricienne, j'oublie régulièrement de glisser les pieds de Gaspard dedans deux heures par jour. Sans doute en conscience...

Notre petit chevalier est de plus en plus souvent pris de tremblements appelés spasmes musculaires. Son cerveau ne commande plus ses mouvements, ses muscles font ce que bon leur semble. Cela m'impressionne beaucoup, car je confonds ces sursauts involontaires avec des crises d'épilepsie. Ce n'en sont pourtant pas : lorsque Gaspard fait une crise, ses yeux se fixent et il devient aussi mou qu'une poupée de chiffon. Sibylle, elle, distingue parfaitement les épisodes de spasmes de ceux d'épilepsie. Elle s'allonge sur les jambes de son frère lorsqu'il tressaute, ou bien elle lui tient les mains et lui parle lorsque son cerveau surchauffe.

Il faut également refaire un fauteuil-coque plus confortable et plus adapté à Gaspard, qui grandit. Les rendez-vous avec les nouveaux appareilleurs se passent mal. Gaspard pleure pendant les moulages. C'en est trop ! Je les quitte en me disant que la maladie est décidément trop lourde pour moi. J'ai envie de baisser les bras, mais je ne peux pas, car je ne veux pas qu'elle gagne. Je souhaite que mon fils soit vainqueur, et je ferai tout ce qui est en mon possible pour l'accompagner.

☆

Durant l'hiver 2016, grâce à Arthur, j'apprends à pleurer devant mes enfants.

Un jour, il insiste pour que je l'emmène chez sa psychologue et que j'assiste à la séance. Arthur raconte alors qu'il ne peut pas se permettre d'être triste à la maison, car sa maman ne pleure jamais. Je suis stupéfaite. J'ai l'impression, au contraire, de pleurer si souvent... Je me rends compte, en effet, que je ne pleure pas devant lui. Face à nos enfants, je veux me montrer forte, courageuse. Je prends conscience qu'Arthur a besoin de ressentir mes émotions, de me connaître en vérité, de me voir faible et forte à la fois. La psychologue me fait comprendre que je ne permets pas à mon fils aîné de pleurer en contenant mes propres larmes. Alors, d'un coup, simplement, sans forcer, elles se mettent à couler sur mes joues. Arthur me regarde puis, à son tour, il laisse glisser une larme.

Une seule.

Mais à elle seule, cette larme porte toutes celles qu'il n'a pas laissé échapper depuis bientôt un an. Il s'en libère. Ce rendez-vous nous rend plus forts tous les deux.

Maintenant, je me permets de pleurer avec lui, et il peut enfin laisser aller sa tristesse.

☆

Sur la page Facebook de notre Gaspard, ouverte depuis maintenant deux mois, nous recevons de plus en plus de messages.

L'un d'eux est envoyé par Madeleine, qui nous propose d'emmener notre petit garçon malade et toute la famille à Lourdes au mois de mai, avec l'organisation de l'Ordre de Malte.

Nous ne réfléchissons pas très longtemps avant de dire oui. Beaucoup de malades se ressourcent là-bas. Quelques-uns guérissent, les autres reprennent des forces et se reposent en respirant l'air pur des Pyrénées. En amont de ce voyage, l'organisation est compliquée. Il y a de nombreux papiers à remplir. Notre dossier se perd une première fois, nous le recommençons. Les bagages sont conséquents, surtout pour Gaspard. Depuis la gare Montparnasse, nous serons accompagnés par des hospitaliers soignants ou aidants, dévoués corps et âme au service des plus faibles. Quelle chance que ce voyage !

Le 29 avril 2015, nous faisons connaissance avec l'équipe sur le quai de la gare. Un train entier est affrété pour l'Ordre de Malte. Nos enfants sont tout heureux de cette aventure en famille. Cédric prendra soin d'eux pendant ces cinq jours. Aude, Tanguy, Charles, Anne, Suzel, Quê Tram, Pierre, Hélène, Arnaud, Constance, Claire, Thomas s'occuperont, quant à eux, de Gaspard. Enfin d'autres bras prennent le relais de Benoit et moi !

Madeleine sait-elle le magnifique cadeau qu'elle nous fait en nous permettant ce voyage en toute sécurité grâce aux médecins, internes, infirmiers, kinésithérapeutes, ostéopathes qui emmènent des malades à Lourdes bénévolement ?

Nous voulons vivre quelque chose de fort, tous les six, en sachant que c'est sans doute la dernière fois que nous pourrons emmener Gaspard avec nous. Nous ne partons pas tout à fait seuls, car nous emportons un cahier, dans lequel nous avons passé la nuit à recopier des intentions de prière envoyées par les membres de la communauté de la #teamGaspard. Nous partons à Lourdes avec ceux qui veillent et suivent Gaspard. Plus d'un millier de personnes nous confient ainsi familles et amis. On nous précise parfois : « Sans trop croire que cela puisse marcher. »

Mais nous voulons les remercier en prenant leurs fardeaux avec nous. Nous déposons ce cahier au pied de la grotte avec émotion, avant de le confier à la communauté du sanctuaire de Lourdes. Dans cette grotte, nous confions aussi les familles et enfants en difficulté, les peines de cœur, les parents en attente d'enfants, les divorces et les séparations, les *addicts* à toute forme de dépendance, les maladies des grands et des petits, le désespoir, les relations de famille compliquées, la mémoire des personnes décédées, celle également des enfants morts *in utero*. L'ambiance du lieu est propice au recueillement. Des milliers de personnes nous entourent, il règne pourtant un grand et profond silence, à peine entrecoupé de temps en temps de quelques murmures.

Ces quatre jours ont véritablement soudé notre famille. C'est le cadeau de Gaspard pendant ce séjour. Chacun passe par la fragilité, à tout âge. Il est vain de tenter d'éviter ces épreuves, nous n'y parviendrons pas. Elles existent ! Alors mieux vaut s'entourer d'amour pour les vivre. Ensemble, nous sommes plus forts parce que nous tissons des liens pour trouver des solutions. Gaspard nous apprend qu'il faut s'appuyer sur son prochain. Et lorsque l'un tombe, l'autre le relève.

☆

Au retour de Lourdes, Gaspard est affaibli. Nous filons au service de réanimation de l'hôpital de Garches. Il est très encombré et fiévreux. Le service est compétent, rapide, efficace. Mais je suis inquiète car Gaspard respire vraiment très mal. Sa saturation n'est pas bonne.

Une infirmière m'apporte un lit pliant et confortable. Ouf ! Pas de fauteuil rigide pour dormir ce soir. Cette nuit-là, je me repose malgré les bips continus que, désormais, je n'entends plus. Les infirmières sont là, elles veillent au grain et prennent le relais.

L'état de Gaspard s'améliore un peu. Nous quittons le service de réanimation pour le transférer en neuropédiatrie. Dans un sous-sol glauque et défraîchi, je prends conscience que je ne reviendrai peut-être dans ce lieu que lorsque mon fils sera mort... J'aperçois un panneau fléché qui indique la direction de la morgue. Mon Dieu, comment faire pour ne jamais avoir à revenir ?

Nous essayons un nouvel antibiotique, et Gaspard reprend un peu vie. Ma mère s'occupe des trois aînés et je croise tout juste Benoit entre deux couloirs lorsqu'il vient passer un bout de soirée avec Gaspard après le travail. Je dois le laisser rapidement, les enfants m'attendent à la maison pour le dîner et le coucher.

Un soir, l'équipe de nuit nous suggère d'aller dîner dehors tous les deux pour nous retrouver et prendre un moment de répit. Séduits par l'idée, nous quittons l'hôpital rapidement, presque en catimini, gênés de laisser Gaspard mais heureux de cette parenthèse. Au restaurant, un nouvel acronyme est au cœur de notre conversation : nous parlons de PALIPED, l'organisme qui gère les soins palliatifs en pédiatrie. J'ai eu le service au téléphone, le médecin référent, le docteur G., vient nous rencontrer le jeudi 12 mai pour aborder la fin de vie de notre Gaspard. Benoit et moi tombons d'accord, nous voulons nous occuper de lui à la maison, l'hospitaliser à domicile. Il faut que nous soyons ensemble, tous les six, chez nous. Nous n'avons rien contre l'hôpital, le personnel s'occupe très bien de notre fils. Mais notre famille est éclatée. Nous ne pouvons pas continuer à faire garder les enfants par leurs grands-parents et nous contenter, Benoit et moi, d'échanger quelques mots à peine lorsque nous nous croisons à l'hôpital. Nous sentons que le confort de Gaspard est intimement lié à l'équilibre familial : ce qui est bon pour notre famille sera bon pour lui.

Il nous faut maintenant convaincre le chef de service que cette solution est la meilleure... Le lendemain matin, je lui parle de la possibilité de faire prendre en charge Gaspard par un service d'hospitalisation à domicile, la HAD. Mais ses réponses me désarçonnent. Il m'affirme que cela n'existe pas pour la pédiatrie. Je soutiens que si, je sais que cette option est possible. Je comprends alors qu'une sortie de l'hôpital est loin d'être envisagée pour Gaspard. J'entends dans la voix du médecin qu'il ne me fait pas confiance pour m'occuper de mon fils à la maison. Cela me désole. Pourtant, nous lui montrons que nous sommes là, chaque jour, chaque nuit, au chevet de notre enfant. J'entends ses craintes, mais je voudrais vraiment qu'il écoute notre projet. Je voudrais l'amener à en être partie prenante. J'ai volontairement quelques phrases dures, pour le faire réagir. Je lui dis que je refuse que Gaspard soit un patient qui remplisse un lit simplement parce que le service est presque vide. À son tour il a des réponses brutales, et je sors mes griffes de maman lionne. Je veux lui prouver qu'il doit accéder à notre demande, qu'il faut nous faire confiance, que nous avons appris à nous occuper de Gaspard. Nous maîtrisons déjà les machines barbares et les traitements lourds dont il a besoin. Ce ne sont pas trois jours d'hospitalisation qui nous ont fait oublier leur fonctionnement... Le médecin me répond qu'il ne faudra pas venir nous plaindre si nous sortons Gaspard de l'hôpital et qu'il meurt plus tôt. Sa réponse me sidère. Je finis par comprendre qu'il est inquiet, qu'il redoute de se trouver face à des parents revanchards qui pourraient lui attirer des problèmes, si notre fils venait à mourir juste après avoir quitté son service.

Alors, plus doucement, je lui explique que nous avons besoin de Gaspard au cœur de notre maison. Gaspard a besoin de ses frère et sœurs et de son cercle familial. Le médecin quitte la chambre de Gasp'. Je ne le reverrai plus jamais.

Je rappelle l'organisme PALIPED. Un nouvel entretien est organisé avec le docteur G. pour dénouer les tensions apparues entre le chef de service et notre famille, mais surtout parce qu'il nous faut véritablement discuter de la fin de vie de Gaspard. Même s'il se porte un peu mieux, cet énième séjour à l'hôpital nous fait prendre conscience que nous ne sommes pas prêts pour le jour de sa mort.

Le médecin de PALIPED vient me rencontrer à l'hôpital et, en deux heures de rendez-vous, nous récapitulons les étapes à suivre le jour venu. Comment déceler que l'heure de la mort est arrivée ? Quoi faire ? Où aller ? Qui appeler ? Comment se passe la mort à l'hôpital ? Comment se passe la mort à la maison ? Mes questions sont pointues, techniques, je veux tout savoir pour comprendre et apprivoiser cette idée. Plusieurs fois, les docteurs G. et E. me proposent d'arrêter l'éprouvant entretien. Je refuse. Nous parlons réanimation, assistance respiratoire, trachéotomie, symptômes avant-coureurs de la mort. Je sais maintenant qu'il est temps pour moi de me préparer à celle de Gaspard. Sans cet entretien, je n'aurais pas su faire.

Le plus difficile est de devoir tout répéter à Benoit le soir même. Nous parlons du fait que Gaspard pourrait décéder la nuit. Tous les deux, nous redoutons la même chose. Que Gaspard nous quitte sans que nous soyons près de lui.

Le 13 mai 2016, avec l'accord des soignants, nous quittons finalement l'hôpital. Gaspard n'est plus aussi encombré, le pic aigu de cet épisode est passé. J'ai l'intuition que nous ne reviendrons plus dans cet endroit. Effectivement, ce séjour à l'hôpital sera le dernier.

J'ai hâte de rentrer chez nous et je soupire de soulagement en passant le pas de la porte, fière de mon petit lion combattant.

L'hospitalisation à domicile marque le début d'une nouvelle étape. C'est une belle victoire.

À partir de ce jour-là, je crains véritablement de m'éloigner de Gaspard, ne serait-ce que pour prendre une douche. M'échapper quelques minutes dans la salle de bain me torture. J'imagine des scénarios atroces. J'accélère pour me shampooiner. Mon cœur bat la chamade. Je laisse la porte ouverte, pour écouter mon chaton respirer depuis sa chambre. J'angoisse dès qu'une inspiration saute ou qu'un gargarisme indique une nausée. Sitôt le pommeau de douche raccroché, peignoir endossé, ruisselante, je bondis près de lui. Je ne me calme qu'en l'embrassant. Le cirque recommence chaque jour, je ne suis rassurée que le week-end, lorsque Benoit est présent.

Pour nous occuper de Gaspard, nous avons réussi à nous entourer d'une équipe de professionnels qui comprend notre choix. Ils nous accompagnent et nous soutiennent dans notre démarche de soigner notre enfant à la maison.

Évelyne, Héloïse, Christel, Aurélie, Manuela, Hanna, le docteur C. laissent l'empreinte de leurs passages dans le classeur de liaison. Tour à tour, à chacune de leur visite, deux à trois fois par semaine, elles remplissent scrupuleusement la fiche de suivi de notre petit malade. Ce classeur est le lien entre les soignants ; pour nous, il est surtout la trace tangible de la vie de Gaspard durant ses huit derniers mois d'existence.

Depuis quelque temps, mon CDD est terminé. Je fais le choix de rester au foyer pour m'occuper de Gaspard et lui procurer ce que je pense être le meilleur pour lui.

J'ai la chance de pouvoir rester à la maison, alors que Benoit travaille. Lui gagne le pain quotidien, moi je fais bouillir l'eau de la marmite.

Je sais mon privilège, car oui, c'en est un. Le salaire de mon mari est suffisant pour nous permettre de subvenir à nos besoins. Il n'est pas nécessaire que je travaille. Ce critère a largement contribué à notre décision de garder Gaspard à domicile. Je mesure pleinement la chance que j'ai eue de pouvoir rester chez nous pour m'occuper de lui.

Ce n'est évidemment pas le cas de tout le monde… Je serais vraiment désolée que des familles ayant opté pour l'hospitalisation longue durée dans un établissement se sentent offensées par notre choix d'hospitalisation à domicile. Chacun œuvre à la mesure de ce qu'il peut donner. Tant qu'il y a de l'amour, une décision ne peut être ni jugée ni condamnée.

Je discute un jour avec la maman d'un enfant porteur d'un très lourd handicap. Elle me demande comment je fais pour garder notre fils chez nous, sans pouvoir sortir, sans pouvoir travailler. Je lui réponds que ce choix, nous l'avons fait aussi parce que Gaspard aura bientôt trois ans. Ce détail a toute son importance. Son espérance de vie n'est que de quatre années... Pour notre Gaspard, il reste un an à vivre tout au plus. À cette mère, on a dit que son enfant pouvait vivre encore... quarante ans ! Pas une année... quarante ! La différence entre sa situation et la mienne est phénoménale. À cette mère, il faudra parcourir une très longue distance. Elle a raison de s'appuyer sur l'aide de l'hôpital ou d'une institution. Elle ne peut pas se permettre de s'essouffler, moi, je le peux. Nous n'avons qu'une année à vivre avec notre fils. Pour nous, c'est un sprint où il faut tout donner, maintenant et pour très peu de temps. Pour elle, c'est un marathon.

Silencieuses, nous nous prenons dans les bras. Nous n'avons pas la même histoire, nous n'avons pas les mêmes enfants, nous ne sommes pas touchées par les mêmes pathologies. Et pourtant, nous souffrons ensemble. Je pense à elle très souvent. Je sais que son fils est vivant, pour encore trente-huit ans... au moins.

☆

Juste avant l'été, des proches nous proposent de garder nos enfants pour nous permettre de sortir un peu. Deux amies voisines et infirmières viennent s'occuper de Gaspard un samedi, pour que nous puissions assister au spectacle de danse de Sybille et Louise, puis à la soirée du mariage civil de ma sœur. Je profite de ces quelques lignes pour les remercier toutes, à nouveau. Qu'il est doux de confier notre enfant à des bras généreux.

Delphine, une voisine podologue, vient masser les petons de notre Gaspard. Claire et Carole, ostéopathes, viennent manipuler son petit corps pour améliorer son confort. Céline, ancienne coiffeuse, coupe régulièrement ses cheveux de lion. Chacun prend soin de son corps pour atteindre son cœur.

Les enfants ne sont pas en reste. Arthur veille son petit frère en rentrant de l'école, lui lit une histoire ou lui fait écouter un CD. Sibylle nous aide dans les soins, elle devient une pro du moniteur qui gère les poches de nutrition. Louise joue chaque jour avec Gaspard, au pied de son lit. Tous apportent un bout d'eux-mêmes à notre chaton. Tous inscrivent Gaspard en la vie. Tous le gâtent à foison. La #teamGaspard de notre page Facebook envoie de belles lettres et de précieux messages à notre chevalier. Nous les conservons dans une grande boîte et nous les relisons régulièrement, toujours avec affection. Quant aux nombreux cadeaux reçus que Gaspard n'a malheureusement pas pu utiliser, nous les avons offerts aux enfants malades de l'hôpital Louis-Mourier de Colombes.

☆

La fin de l'année scolaire se solde toujours par des départs. Tout particulièrement dans l'armée. Les militaires sont mutés, les déménagements s'enchaînent. Les familles empaquettent leurs affaires et emménagent ailleurs, parfois très loin. Ce mois de juin n'échappe pas à la règle et nous voyons de bons amis partir. Nos voisins Marie-Aimée et Alexandre partent en Asie pour quelques années. Ils viennent dire au revoir à Gaspard. L'émotion est à son comble. Nous savons que leur au revoir est en fait un « à Dieu ». Notre bout de chou ne sera plus en vie à leur retour. Nous sommes très émus. Gaspard ne les reverra plus sur terre. Nous le savons et nous pleurons, ensemble, sur cette vie presque arrivée à son terme, mais pas tout à fait éteinte encore.

☆

Les vacances approchent. Nous nous préparons à partir chez nos parents pour offrir aux enfants quelques jours de vacances. Je ne peux m'empêcher de penser que Gaspard s'apprête à voyager pour la dernière fois. Il ne nous vient pas à l'idée d'aller ailleurs que chez nos parents.

L'HAD nous aide à établir un vrai plan de bataille. Gaspard ne peut plus prendre le train aussi facilement que l'année précédente. Il supporte la position assise dans sa poussette uniquement grâce à l'injection de morphine. Il voyagera en train pour descendre jusqu'à Aix-en-Provence. Pour organiser les autres trajets, l'assistante sociale nous met en relation avec des services d'ambulance. Ce sont eux qui transporteront Gaspard pour remonter en Auvergne depuis Aix, puis pour le retour à Rueil à la fin de l'été.

Le plus compliqué est de trouver des séances de kinésithérapie pour chaque journée passée en dehors du SESAD et de l'HAD, soit durant vingt et un jours. Nous avons de la chance de tomber sur des kinés compréhensifs, car nous les contactons en urgence. En effet, ce projet de vacances se concrétise à la dernière minute. Je n'avais pas osé appeler plus tôt, au cas où Gaspard ne serait finalement pas en état de partir. Je parviens à trouver quatorze séances de kiné sur les vingt et une. Pour les sept autres, nous nous en chargerons nous-mêmes. À force d'expérience, nous savons utiliser ses sondes et sa machine d'aspiration. Il respire. Nous pouvons partir.

La première kiné des vacances se trouve être une femme qui suit la vie de Gaspard via la page Facebook. Nous sommes touchées de nous rencontrer « pour de vrai » et nos yeux se remplissent de larmes.

Arrivés en Auvergne, nous préparons le mariage religieux de ma sœur Anne-France avec Stéphane. Quelle joie de partager cette belle journée avec tous mes enfants ! Je suis confiante : Gaspard est parvenu à rester vivant jusqu'à cette occasion si chère à mon cœur, alors rien de grave n'arrivera le jour de la fête !

Lors de la cérémonie, Gaspard est bien là, si beau dans sa tenue d'enfant d'honneur, assis dans sa poussette bleue qui fait ressortir ses grands yeux. Il est parmi nous. Je suis si fière de mon chaton ! Mais cette journée marque aussi la dernière fois que Gaspard sort de la maison. Le dernier événement familial auquel il assiste. Après cette date, Gaspard restera toujours à l'intérieur des murs de notre appartement, parce qu'il est trop faible pour supporter ne serait-ce qu'une balade. Tout est étape.

☆

Je suis épuisée. Je dors peu, je me lève beaucoup. Mon cerveau est continuellement en mode « veille ». Un jour, une psychologue a mis un mot sur ce que je vivais. Je l'écris ici, parce que beaucoup de mamans, de papas ou d'accompagnants familiaux se reconnaîtront sans doute. Cela s'appelle tout simplement le « surmenage ». Je n'arrête jamais de m'activer. Cela évite de trop penser... Je préfère faire moi-même parce qu'il est plus fatigant d'expliquer à quelqu'un d'autre comment agir. Je suis si fatiguée, si épuisée psychologiquement, que je ne vois pas comment m'en sortir. Je souhaite de l'aide, mais je m'aperçois qu'aucune solution ne trouve grâce à mes yeux. Personne ne peut être la mère de Gaspard à ma place. Personne ne peut m'aider comme je le veux. Je mets en défaut l'adage populaire « Personne n'est irremplaçable ». Je cherche désespérément quelqu'un qui puisse être une deuxième maman pour Gaspard, mais il n'en existe pas. Il me faut admettre que personne ne peut me remplacer auprès de lui.

Je me sens un peu prisonnière de mon fils, mais je ne souhaite être nulle part ailleurs. Alors, il faut accepter. Accepter de repartir chaque nuit et chaque matin au combat pour un temps indéterminé. Accepter la lourde tâche d'être la maman de Gaspard.

Alors, je renais plus forte. Gaspard me donne vie une seconde fois. Il me détermine à nouveau comme sa maman. Je choisis de l'être, je me laisse choisir par lui. Je nais de cette épreuve, après être tombée bien bas.

Je demande néanmoins à Benoit de m'aider, mais je ne me sens pas toujours vraiment écoutée. Il va me falloir des forces supplémentaires pour accompagner Gaspard jusqu'à la fin. Je ne sais pas si j'en suis capable. Je doute. L'HAD me propose d'installer Gaspard à l'hôpital Necker pour me permettre un bref répit. Mais je leur réponds que cela n'aidera pas, car nous ne pourrons pas nous résoudre à le laisser seul à Necker. Je veux continuer à m'occuper de Gaspard, mais je voudrais que Benoit s'occupe davantage de lui aussi, qu'il m'aide à assurer les nuits.

Je rêve qu'il arrête de travailler complètement, pour que nous nous occupions de Gaspard ensemble. J'ai peur pour Benoit. J'ai peur qu'il regrette, lorsque Gaspard ne sera plus de ce monde, de ne pas s'être arrêté pour prendre soin de lui. Je veux absolument que ce que je désire se réalise. Un gros caprice d'enfant.

De retour d'une marche entre pères de famille, Benoit me dit qu'il va prendre un jour par semaine pour être avec moi et s'occuper de Gaspard. Cela prendra un peu de temps à se mettre en place, mais Benoit bénéficiera de ces journées grâce à la générosité de ses collègues. À partir du 13 octobre 2016, il est à la maison tous les jeudis. Ce n'est pas exactement ce que je voulais, mais c'est ce qu'il peut donner. Je dois accepter que cela soit ainsi. Je ne peux pas obliger Benoit à se plier à ce que je souhaite. Il fait tout aussi bien que moi, simplement il agit différemment. Ainsi, nous nous complétons : notre altérité se vérifie aussi ici. Je vis dans l'instant présent, tandis que Benoit prépare l'avenir.

☆

Le 30 août 2016, Gaspard fête ses trois ans. Dans l'après-midi, Patricia, sa douce kiné, est venue pour sa séance quotidienne. Gaspard est si faible que nous ne pouvons pas le déplacer dans le salon pour souffler ses bougies. Alors, c'est nous qui venons à lui. Nous installons la table de la cuisine dans sa chambre. Dessus, les enfants mettent le couvert. Plein de beaux bouquets de fleurs parsèment la pièce, que des amis attentionnés nous ont apportés ou nous ont fait livrer le matin même. La #teamGaspard nous a envoyé des centaines de photos de bougie d'anniversaire. Ma grande amie Anne-Flore, si fidèle depuis trois ans, m'abreuve de messages adorables. Mais nous n'avons invité personne, ni famille, ni amis. Nous avons besoin d'être tous les six. Juste tous les six. Nous sommes tous un peu fébriles, conscients de la gravité de la situation.

Il n'y aura sans doute pas d'autres anniversaires à célébrer avec notre Gaspard. Nous le voyons. Il est fragile, faible, vulnérable, allongé sur son petit lit d'enfant. Impossible de croire qu'il pourra fêter ses quatre ans... Nous chantons doucement « Joyeux anniversaire », assis sur son lit, autour de lui. Nous soufflons ensemble la bougie en forme de chiffre. La flamme s'éteint si facilement, nos cinq souffles sur six réunis.

Trouver des idées de cadeaux pour Gaspard est une tâche difficile. Ce soir-là, nous lui déballons le CD du *Petit Prince* d'Antoine de Saint-Exupéry. Gaspard reçoit aussi plusieurs adorables colis dont le livre pop-up, offert par des amis proches et la mascotte en peluche du *Petit Prince.* Voilà qui convient parfaitement. Gaspard est un petit prince. Je m'astreins d'ailleurs à lire aux enfants quelques pages chaque soir. Nous apprenons beaucoup. Certains passages nous font pleurer, car nous reparlons de la mort.

Les filles en profitent un soir pour me demander ce que devient le corps lorsqu'il meurt, et où part l'âme. Je leur parle du cimetière et du ciel, en vérité, de la même manière que le jour où je leur ai annoncé le diagnostic. Nous évoquons avec Gaspard toutes les âmes connues et aimées qui vivent au Ciel. Nous lui parlons de nos grands-parents déjà décédés, de certains amis, d'oncle Philou qu'il retrouvera sans doute.

Un soir, nous nous disons, Benoit et moi, qu'il serait temps de commencer à penser aux obsèques de Gaspard. Il faut nous mettre d'accord sur ce que nous voulons pour lui.

Nous nous tournons vers le service des funérailles. Benoit s'occupe de les contacter et de les rencontrer. Moi, je n'y arrive pas. Mon mari leur raconte notre histoire. Il est fabuleux de courage de se lancer dans cette paperasse administrative, d'affronter ces décisions qui me terrorisent. Je suis époustouflée de le savoir rencontrer les pompes funèbres. Il me montre qu'il prépare l'après, qu'il sait gérer l'avenir, ce que je suis, pour ma part, totalement incapable de faire. Il contacte le cimetière de Rueil et la mairie. Nous souhaitons enterrer Gaspard près de chez nous.

Bien sûr, nous savons que nous déménagerons un jour. Mais en attendant, nous voulons pouvoir nous recueillir souvent sur la tombe de Gaspard. Alors nous cherchons à obtenir une place dans le cimetière qui jouxte notre résidence. Lorsque nous habiterons ailleurs, nous devrons quitter la proximité de la tombe de notre fils, mais nous aurons toujours besoin d'y retourner.

Parfois, Benoit note le titre d'un chant qu'il aimerait entendre à la messe des funérailles. Je contacte une graphiste pour créer la carte *in memoriam* de Gaspard. Elle réalise un dessin spécialement pour lui. Elle reprend le motif de son faire-part de naissance, un phare, lourd de sens, car il guide et brille dans la nuit. Elle utilise aussi les coloris des vêtements que je préfère lui faire porter (le bleu foncé et le jaune moutarde). En blanc, sont écrites et dessinées une phrase de Mère Teresa, *Sois ma lumière*, et une colombe.

☆

À la même période, il devient très difficile de continuer à donner son bain à Gaspard. Nous avons un autre siège adapté pour l'installer mais, même dedans, il n'est plus du tout à son aise. Notre chaton n'aime pas l'eau, il ne l'a jamais aimée. Depuis qu'il est nourrisson, Gaspard pleure dans le bain. Il a froid, il est mal à l'aise, il est perdu et a des gestes-réflexes incontrôlés. Les bains sont épiques, je demande aux infirmières de m'aider. Évelyne et Héloïse baignent Gaspard quelques fois, lors de leurs visites à domicile. Mais il a peur et s'angoisse. Quelques crises d'épilepsie surviennent alors. Lors d'un bain, Gaspard fait même un gros épisode d'hypothermie, malgré l'eau chaude à bonne température. Son corps se régule mal et nous peinons à le réchauffer, même avec sa couverture de survie. Nous ferons dorénavant des toilettes au gant, dans le lit. Qu'il est difficile de ne plus baigner son enfant, de dire adieu à ce moment d'habitude tant aimé...

Le dernier deuil à faire sera celui du câlin. Nous devons nous résoudre à renoncer à ces moments de tendresse, car Gaspard ne les apprécie plus, il geint dans nos bras. Il n'est plus à son aise lorsqu'il est câliné. Même la position allongée devient douloureuse. Afin d'y remédier, nous commandons un matelas à air qui lui permettra de s'étendre sans avoir trop mal à ses points d'appui. Le fait d'être allongé en permanence marque sa peau de traces rouges que l'on appelle escarres. Gaspard en a au coccyx, aux oreilles, entre les genoux, aux coudes. L'apparition de ces tâches nous fait réagir, sur les conseils précieux de l'ergothérapeute et des infirmières de l'HAD.

Mais je m'aperçois vite que ce grand morceau de plastique gonflable devient une nouvelle barrière entre mon fils et moi. Nous avions l'habitude de nous asseoir sur le lit de Gaspard pour prendre soin de lui. Il est impossible de s'asseoir sur ce matelas à air, qui est réglé pour le poids de Gaspard, pas pour le nôtre. La nouvelle machine au pied de son lit envoie de l'air à l'intérieur du matelas à l'aide de tuyaux : alors il se soulève et s'abaisse légèrement, comme une petite vague, et crée un mouvement sous le corps de Gaspard pour empêcher les escarres. C'est ingénieux mais, dorénavant, nous ne pouvons plus approcher notre fils de très près. Pour combler ce manque, nous installons un fauteuil et un tabouret au chevet du lit pour continuer à nous occuper de lui. Mais ce n'est plus pareil. Nous nous endeuillons davantage. Mon cœur pleure de ne plus pouvoir câliner Gaspard sans que cela ne lui fasse mal. J'apprends à ne plus prendre mon fils dans mes bras. Nous apprenons à nous séparer de lui, à moins le toucher. Comme c'est dur !

Il m'a toutefois été donné UN dernier grand câlin la veille de sa mort. J'ai essayé de le prendre dans mes bras, et Gaspard n'a rien dit. Il avait son visage des bons jours. Son front était lisse de bonheur. J'avais enveloppé son corps amaigri dans une grosse couverture d'enfant pour qu'il n'ait pas mal. Et nous sommes restés ainsi blottis deux grandes heures, sans bouger du fauteuil, de peur de bousculer cet instant d'éternité. Nous nous sommes enivrés l'un de l'autre. Nous nous sommes préparés à nous quitter par ce dernier moment de tendresse.

Ce souvenir est toujours vivace aujourd'hui. Lorsque je repense à ce moment, je respire encore l'odeur de mon Gaspard, si tenace dans mon cœur.

Comment faire ? Comment rendre la vie de Gaspard la plus confortable possible ? Comment permettre à nos trois autres enfants de grandir sereinement dans de telles conditions ? Comment être heureux alors que, chaque jour, Gaspard se rapproche de la mort ?

Quand une journée est difficile, il est illusoire de penser que cela ira mieux le lendemain. Non, demain sera sans doute pire encore, car l'état de santé de Gaspard dégénère, sa maladie progresse chaque jour.

C'est Marie-Axelle qui a trouvé la réponse à toutes ces questions. Elle me l'a révélée un matin au saut du lit, quand je lui demandais comment elle faisait pour tenir le coup, elle qui s'était encore levée dix fois dans la nuit, comme toutes les précédentes.

« Je fais simplement ce que je dois faire maintenant, et j'essaie d'y mettre le plus d'amour possible. La journée de demain ? Je n'y pense pas. Je m'occupe de Gaspard heure après heure. Si Gaspard vomit ou crache pendant une heure, je lui parle, je l'encourage, je lui essuie le visage, je le caresse. Si la minute d'après est plus

douce, alors j'oublie l'heure précédente et je passe un beau moment avec lui. Je lui chante des chansons, on écoute de la musique, on joue. Tu vois, heure après heure. Pour demain… on verra demain. »

Cette réponse m'a secoué. Dans mon esprit, mon rôle de père est au contraire de prévoir demain, d'anticiper. De faire le contrôle technique de la voiture au mois de juin pour partir en vacances l'été, de compléter le dossier d'Arthur pour le collège dans un an. Pour moi, demain se prépare déjà aujourd'hui. Pour moi, le dimanche à dix-sept heures, c'est déjà le lundi à neuf heures… Ma notion du temps est souvent tronquée, amputée de la joie que procure le moment présent. Et l'inquiétude prend souvent le pas sur la paix qu'offre le fait d'habiter entièrement le moment que je suis en train de vivre, qu'il soit joyeux, triste ou anodin.

Prendre du temps avec Gaspard n'a pas toujours été une chose si évidente, je dois l'avouer. Pas facile d'organiser une activité à deux quand son fils est, globalement, incapable de faire quoi que ce soit. Et puis Gaspard m'impressionne, il me paralyse même parfois. Ses médicaments sont nombreux et il faut les lui donner trois ou quatre fois par jour, en respectant un dosage très minutieux : dix millilitres d'antibiotiques, huit gouttes de Laroxyl, trois gouttes de Rivotril, quatre de Largactil, un patch de Durogesic, un demi de Scopoderm toutes les quarante-huit heures, deux cents millilitres de nutriment dans la gastrostomie, et j'en passe. Sans compter que la posologie change toutes les semaines, en fonction de son état, de ses raideurs musculaires, de ses maux d'estomac, de son transit et de ses encombrements. Il faut aussi surveiller sa toux, parfois même sa fréquence respiratoire ou son taux de saturation d'oxygène dans le sang.

Marie-Axelle gère tout cela d'une main de maître, jonglant à merveille entre seringues et tubulures. Elle navigue sans difficultés apparentes dans cet univers complexe.

Pas moi.

Je me noie parfois, et je décrète donc souvent que je préfère ne rien faire plutôt que de faire des bêtises... Je prétexte d'être absent la journée à cause du boulot pour me contenter d'assister Max le soir quand je rentre, sans prendre la responsabilité de tous les soins.

Et puis, il faut le dire aussi, je ne me sens pas toujours capable d'apporter autant à Gaspard que sa maman. J'essaie de faire comme elle, de l'imiter, mais je sens bien que cela ne me ressemble pas. Je ne parviens pas à chanter des comptines deux heures durant. Dix minutes à peine, et me voilà à sec, plus rien ne vient ! Je n'arrive pas non plus à lui changer ses couches comme elle le fait. Lorsque je m'en occupe, il faut souvent changer les draps dans la foulée... Le soir, je suis souvent crevé, et je m'endors à côté de Gaspard. Parfois, j'oublie même d'allumer la gastrostomie avant d'aller me coucher. Il passe alors la nuit à jeun, par ma faute... C'est arrivé deux ou trois fois, et cela m'a rendu véritablement honteux, et très triste.

Mais, progressivement, au fil des mois, je comprends qu'être le père de Gaspard, ce n'est pas être une autre maman. Je ne suis pas un « remplaçant ». Je ne suis pas Marie-Axelle, version poil aux jambes et grosse voix.

Je comprends que Gaspard a besoin d'un papa, de SON papa. Il a besoin de moi, pas de l'idée que je me fais de moi, ni de celui que je n'arriverai sans doute jamais à être. Il a besoin de mes blagues vaseuses, il a besoin que je regarde des matchs de foot à côté de lui, que je lui chante des chansons militaires, que je lui parle comme je parlais à son grand frère au même âge. Tant pis si sa couche déborde, tant pis s'il s'endort trop vite parce que j'ai rajouté une goutte de Rivotril (ce n'est pas arrivé souvent, je le précise au passage). Tant pis s'il garde son pyjama toute la journée quand sa maman n'est pas là. Je suis son père, pas un ersatz de mère.

Il est arrivé quelques fois, bien rares, que Marie-Axelle parte un ou deux jours avec des amis en week-end ou qu'elle s'absente un soir, en me laissant m'occuper du petit Gaspouille. C'est le cas à la Toussaint 2016, lorsqu'elle se résout à partir en vacances avec les trois grands chez ses parents en Auvergne, quelques jours seulement, le temps de souffler après un début d'automne bien rude.

Toute la semaine qui précède, je n'en mène pas large. L'idée de devoir m'occuper seul de mon petit bonhomme m'angoisse, malgré la check-list détaillée que ma tendre épouse m'a préparée. Juste après leur avoir dit au revoir sur le pas de la porte et m'être assuré que l'ascenseur et ses quatre passagers ont bien quitté l'étage, je fonce voir Gaspard dans sa chambre, située à quelques mètres.

« Bon, mon gars, je ne te cache pas que j'ai la trouille de rester avec toi pendant trois jours sans maman, alors il va falloir que tu m'aides un peu, ok ? »

À cette époque, Gaspard ne voit plus et il ne bouge plus guère, hormis encore la bouche et les yeux... deux billes, si belles et si bleues. Pourtant, je sens qu'il me répond. Je le vois. À peine ai-je terminé ma phrase qu'il essaie de tourner sa tête vers moi, même s'il n'y parvient pas. Les muscles de son cou se tendent, mais sa tête ne bouge pas. Alors je me penche au-dessus de son visage pour qu'il puisse sentir mon haleine, comme je le fais souvent pour qu'il situe ma présence dans l'espace. Dès qu'il la sent, il me fait un long et doux sourire, un sourire accompagné d'un murmure joyeux, comme pour me dire : « Je ne suis pas inquiet, ça va être extra ce week-end entre bonhommes, ça ne sera pas comme avec maman mais je m'en fiche, on va être bien tous les deux, juste toi et moi. »

Et nous avons passé un week-end mémorable : matchs de foot à gogo dans sa chambre, câlins à n'en plus finir, couches qui débordent, cinq paires de draps changées, quatre pyjamas tachés, appartement sens dessus dessous. Bref, le bonheur pour nous deux. Je n'oublierai jamais ces soixante-douze heures « père-fils ». La machine à laver non plus !

Ce long week-end est un véritable déclic pour moi. Je comprends qu'il est temps que je modifie mon organisation pour assumer pleinement mon rôle de « papa de Gaspard ». Grâce à la solidarité de mes camarades en kaki et à la très grande humanité de mes chefs, je parviens à prendre un jour de vacances par semaine, le jeudi. Je dédie totalement cette journée à Gaspard, ce qui permet enfin à Marie-Axelle de souffler. Je suis fier de voir qu'elle me fait confiance, et je la vois heureuse de ce changement d'attitude. Elle accepte aussi que les choses se fassent « à ma façon ». C'est parfois rock'n'roll, mais elle sait bien que le bonheur de Gaspard ne se compte pas (seulement) en gouttes d'antiépileptiques !

Ces changements dans mon cœur de père, c'est indéniablement ma femme qui en est à l'origine. Elle a pris le temps de provoquer subtilement et d'accompagner patiemment mes bouleversements intérieurs, avec une intelligence du cœur et un tact que j'admire profondément. Son surnom de « maman lionne » est évidemment mérité. Elle a été une combattante hors du commun. Mais elle est avant tout la douceur incarnée. Et cette douceur est l'expression de l'immense amour qu'elle voue à ses quatre enfants et à son mari.

Sa modestie et sa pudeur l'empêcheront toujours d'être orgueilleuse, alors je peux l'écrire ici sans redouter son courroux : si je ne suis pas certain d'avoir été le père idéal pour Gaspard, je n'ai aucun doute sur le fait qu'il ne pouvait pas rêver de meilleure maman.

☆

À la fin de l'année 2016, nous passons le plus merveilleux des Noël à la maison, en famille. Gaspard vit quinze jours sans trop d'inconfort et d'encombrements, sans stress ni fatigue extrême : une sorte de trêve. Sa présence nous comble car son état physique s'est sensiblement dégradé depuis la Toussaint et nous savons que chaque nouvelle journée passée à ses côtés est désormais une sorte de petit miracle. Nous le pressentons : ce Noël sera le dernier avec lui. Clairement, sa vie ne tient plus qu'à un fil. Les médecins nous ont même conseillé quelques jours auparavant de l'entourer d'une couverture de... survie. Les choses sont claires.

Cette trêve de Noël s'achève d'ailleurs brusquement dès le début de l'année 2017. Le mois de janvier débute par un gros coup de froid et Gaspard s'affaiblit chaque jour davantage. Pour l'apaiser et tenter d'améliorer son état, nous décidons de l'aider à mieux respirer en lui administrant en permanence un tout petit filet d'air pur dans les narines grâce à un extracteur d'oxygène. Cela le soulage et permet à son corps de disposer de suffisamment de « carburant » pour alimenter ses muscles et son petit cœur fragile. Même s'il respire tout seul naturellement, ce léger apport fait la différence et nous sommes rassurés de savoir qu'il ne risque en aucun cas de s'étouffer, ce que nous craignons particulièrement.

Nous réduisons progressivement les doses de nutriment que nous lui donnons par le biais de sa gastrostomie, car il les tolère et les digère de moins en moins bien. Il régurgite et vomit souvent. Mais cela ne nous inquiète pas outre mesure, car nous savons qu'il n'a besoin que de très faibles apports caloriques. Son corps fonctionne au ralenti et consomme donc très peu d'énergie. D'ailleurs, les médecins ne s'en émeuvent pas non plus. De ce fait, Gaspard s'amincit et son visage s'émacie, dévoilant encore davantage ses grands yeux bleus dans lesquels nous aimons tant plonger les nôtres.

Il passe ses journées dans sa chambre, allongé sur son lit de petit garçon. Pas un grand lit pour adulte, ni un lit pour les bébés avec des barreaux, mais celui qui assure en théorie la transition entre ces deux étapes de la vie... La particularité de ce lit, c'est qu'il est très bas. De ce fait, pour s'occuper de Gaspard correctement, le nourrir avec sa gastrostomie, lui donner ses médicaments, changer ses pansements, faire sa toilette, le masser ou l'embrasser, la meilleure position est la position à genoux. Dix, vingt, trente fois par jour, nous nous agenouillons auprès de lui ; nous nous faisons petits, nous nous mettons à sa hauteur. C'est plus pratique, c'est tout ! Debout, c'est impossible, nous nous sentons comme des crapauds sur une boîte d'allumettes !

Dès que nous ployons nos deux genoux pour coller notre corps au sien, nous nous sentons entièrement liés à lui : nous ressentons sa souffrance, nous sentons son souffle sur notre visage, nous entendons sa respiration si particulière, nous sentons son odeur de bébé. Alors, nous pouvons vraiment nous occuper de lui, le chérir, lui parler à l'oreille, lui glisser les noms de ceux qui nous le demandent, le couvrir de « bisounes ».

C'est à genoux, dans l'humilité, en devenant serviteurs de ce petit gars si faible que nous nous sentons bien. C'est en le servant, en nous oubliant que nous nous élevons. Cette position, les soignants la prennent aussi : personne n'a trouvé mieux ! Être à genoux, c'est aussi remplir son cœur de compassion, de tendresse, d'abandon.

Arthur, Sibylle et Louise passent aussi tous les trois beaucoup de temps avec Gaspard dans cette chambre devenue le cœur de notre appartement. Ce havre de paix s'avère propice à quelques secrets forcément toujours bien gardés... Les enfants donnent aussi quelques consignes à Gaspard pour « après », lui lisent des histoires, lui racontent leur journée ou lui chantent des chansons. Ils sentent que Gaspard a besoin d'être veillé, ils sentent que leur place est à son chevet.

Ils sentent que la fin approche. Même Arthur s'y met. Lorsqu'un soir, nous le découvrons en train de lire une histoire à Gaspard, avec sa voix la plus douce, nous n'en menons pas large...

Comme nous, nos trois enfants s'imprègnent de son odeur, de son regard. Leur simplicité et leur lucidité dans ces moments nous étonnent.

Heureusement, ils manifestent aussi parfois leur tristesse de voir l'état de Gaspard se dégrader. Cela nous tranquillise, car cette peine révèle leur clairvoyance sur la situation mais surtout leur capacité à montrer et à extérioriser leurs émotions. Chez les Clermont, maintenant, on pleure, on est des chochottes, et on l'assume.

☆

Le 15 janvier, les choses s'accélèrent. Le soir, vers dix-neuf heures, nous constatons que Gaspard a froid. Ses mains sont glacées. Comme toutes les mamans, Marie-Axelle pose une main sur son front et une main sur le mien pour comparer la température de nos deux corps : « Il est gelé, il faut prendre sa température. »

Je sors alors le thermomètre familial et je prends la température de Gaspard. Sur le petit écran à cristaux liquide, je lis « LOW ».

« Merde, il n'y a plus de batterie, je pars en acheter un autre. » Je file alors à la pharmacie en bas de chez

nous. Dix minutes plus tard, le nouveau thermomètre en mains, nous recommençons. Mais l'écran indique de nouveau « LOW ».

Circonspect, je me décide à lire le mode d'emploi pour essayer de comprendre, avant d'aller acheter un autre modèle...

« En cas de température inférieure à 32 degrés Celsius, le thermomètre indique LOW. » Nous tombons des nues. Malgré ses couvertures et le chauffage de la maison, la température corporelle de Gaspard est descendue en dessous des 32 degrés.

C'est la fin. Il va partir. Nous l'embrassons. « Tu peux partir mon chéri, nous sommes prêts. »

Gaspard est calme, apaisé. Il respire tout doucement, de manière presque imperceptible, mais il respire calmement. Il est plus beau que jamais.

Nous appelons immédiatement le médecin référent de l'HAD, qui nous annonce que ce n'est qu'une question de jours, comme nous le pressentions.

En dépit de l'horreur de la situation, il règne à la maison une atmosphère d'une douceur indicible. Gaspard nous montre comment faire. Son calme nous oblige à nous mettre au diapason. Ce soir-là, nous le veillons toute la nuit, portés par les pensées, les messages, les prières de nos familles et de toute la #teamGaspard.

Mais Gaspard est plein de ressources et les jours passent... Les petites fées de l'HAD nous assistent et nous prodiguent les meilleurs conseils pour circonscrire et soulager sa souffrance physique. Gaspard continue à déjouer les pronostics. Il est toujours un peu encombré mais son état se stabilise.

Le 19 janvier, sa température corporelle remonte même un tout petit peu, après avoir passé cinq jours en dessous de 32 degrés. Les médecins sont étonnés par sa résistance.

De notre côté, nous passons par tous les états : résignation, abandon, acceptation, inquiétude, apaisement, fatigue, espoir... Et si ce n'était pas fini ? S'il pouvait continuer à vivre encore quelques mois ? Son état de santé reste toujours très fragile : aucun jour ne ressemble au précédent, ni au suivant. Mais il ne souffre pas, et c'est la seule chose qui nous importe vraiment. Notre bonheur est complet : Gaspard est toujours là, au milieu de nous. Il est si fragile que chaque jour passé en sa présence, suspendu entre terre et ciel, nous paraît comme mille.

☆

Le 1er février, Gaspard décède. Sa fécondité est à son apogée. Notre peine aussi.

L'agonie de Gaspard – au sens premier, la fin de vie – a duré quinze jours.

Quinze jours infiniment précieux, pendant lesquels nous avons eu l'immense chance de pouvoir lui dire au revoir, de nous préparer à l'inévitable. Nos familles et nos amis ont également pu venir passer un peu de temps avec lui, à son chevet. Nous acceptions beaucoup de visites, conscients de la place que Gaspard avait pris dans la vie de nos proches. Plusieurs fois par jour, pendant une dizaine de minutes, la porte de Gaspard se fermait pour permettre à chacun de vivre un cœur à cœur intime avec lui. Nous nous effacions, par pudeur et par respect pour ces confidences qui ne nous regardaient pas. Chaque fois, le visiteur ressortait de la chambre les yeux rougis mais le sourire aux lèvres, comme si Gaspard avait réussi à le consoler de son départ imminent. Ce fut aussi le cas pour moi. Les longues heures passées avec lui, pendant ses deux dernières semaines, m'ont tout simplement fait découvrir le sens de ma vie. Gaspard m'a tout appris sur le courage et sur l'amour. Je le redis : je devais l'élever, c'est lui qui m'a élevé.

Pendant ses derniers jours parmi nous, nous étions très impressionnés par l'ampleur du rayonnement de Gaspard. Cela dépassait l'entendement. Il ne nous appartenait presque déjà plus...

La qualité et l'intensité des regards posés sur lui par tous ceux qui le visitaient nous touchaient tout particulièrement : nous ressentions tellement de compassion, d'admiration, d'amour... Nous comprenions alors que l'indignité ne pouvait pas venir de l'état physique de Gaspard, mais que seuls les regards posés sur lui pouvaient être indignes.

Regarder Gaspard comme une personne inutile, refuser de compatir à sa souffrance, refuser de l'accompagner avec amour, refuser de souffrir avec lui : voilà où aurait été la vraie indignité. La vie de Gaspard mérite d'avoir été vécue, qui pourra dire le contraire ?

Il y a des choses qu'on ne voit
comme il faut qu'avec des yeux
qui ont pleuré.

HENRI LACORDAIRE

Pendant vingt-huit mois, depuis le diagnostic de la maladie de Sandhoff jusqu'au décès de Gaspard, nous nous sommes préparés à le voir quitter la terre et à devenir des parents « orphelins ».

Curieusement, il n'existe d'ailleurs aucun mot dans la langue française pour définir les parents qui perdent un ou plusieurs de leurs enfants. Une femme qui perd son mari devient veuve. Un enfant qui perd ses parents devient orphelin. Lorsqu'on perd son enfant in utero *ou au moment de la naissance, on parle de deuil périnatal. Mais pour nous, pas d'expression dédiée, comme s'il était impossible de mettre un mot sur cette horreur-là. Nous sommes des « par'anges » pour certains, « mam'anges » ou « pap'anges » pour d'autres. Avec humour, un de nos amis nous a même un jour appelés les « Gasparents ». À moins que nous ne soyons devenus des... Gaspar'anges !*

Je dois admettre que je ne me reconnais dans aucune de ces appellations, mais chacune traduit cependant un sentiment, un espoir partagé par de nombreux parents en deuil : et si tout ne s'arrêtait pas à la mort ? Et si nos enfants continuaient à vivre, d'une façon ou d'une autre, dans un au-delà un peu mystérieux ?

Marie-Axelle et moi avons inévitablement eu le temps de réfléchir à cette question douloureuse. Se pourrait-il que ce qu'on nous a raconté au catéchisme ne soit pas que des bêtises ? La mort pourrait-elle n'être qu'une marche, une étape vers une vie nouvelle ? Ces questions, nous nous les sommes posées mille fois, sans en trouver la réponse. Notre raison nous en empêche. Mais notre cœur, pourtant, espère que Gaspard est au Ciel.

Nous assumons pleinement cette espérance profonde, malgré d'inévitables tiraillements intérieurs liés à l'atrocité des souffrances endurées par notre famille pendant ces mois qui prirent parfois l'apparence d'un véritable calvaire.

Taire notre foi reviendrait à masquer un pan important de notre vie, une part fondamentale de ce que nous sommes vraiment. Mettre cette lumière intérieure sous le boisseau serait presque un mensonge à l'égard de ceux que Gaspard a touchés au cœur, même si, évidemment, notre foi est pleine de doutes. Nos imperfections, parfois si flagrantes, nous mettent trop souvent face à la triste réalité : nous sommes loin d'être ceux que nous souhaiterions être. Mais nous nous savons aimés infiniment. Et, surtout, nous sommes certains que nous retrouverons un jour notre Gaspard au Ciel. Il sera beau, debout, et nous pourrons enfin l'embrasser sur ses deux joues.

Un texte que j'aime particulièrement m'a beaucoup fait réfléchir à ce sujet. Je voudrais le partager ici.

« Un jour, des jumeaux, Marius et Octavie, se disputent dans le ventre de leur mère à propos d'une possible vie après l'accouchement.

Octavie demande à son frère Marius s'il croit à la vie après l'accouchement.

– Bien sûr, c'est évident que la vie existe après l'accouchement. Nous sommes ici pour devenir forts et pour nous préparer à ce qui nous attend après.

– Tout ça c'est des sornettes ! Il n'y a rien après l'accouchement. À quoi ressemblerait une vie hors du ventre ?

– Tu sais, il y a bien des histoires à propos de l'autre côté. On dit que, là-bas, il y a beaucoup de lumière, de joie et d'émotions, et surtout des milliers de choses à voir et à faire... Par exemple, il paraît que là-bas on va manger avec notre bouche !

Octavie s'agite en entendant ces propos :

– Mais c'est n'importe quoi ! Nous avons notre cordon ombilical et c'est ça qui nous nourrit. Tout le monde sait ça ! On ne se nourrit pas par la bouche ! Et puis il n'y a jamais eu de revenants de cette autre vie... donc c'est la preuve que tout cela n'existe pas, ce sont des sornettes ! La vie se termine tout simplement à l'accouchement. C'est comme ça, il faut l'accepter !

Marius n'est pas d'accord avec les propos de sa jumelle. Il lui répond, agacé :

– Octavie, permets-moi de penser autrement. Je ne sais pas exactement à quoi cette vie après l'accouchement va ressembler, et je ne peux rien te prouver. Mais j'aime croire que, dans la vie qui vient, nous rencontrerons notre maman et qu'elle prendra soin de nous.

Octavie sursaute.

– Maman ? Tu veux dire que tu crois en Maman ? Mais où se trouve-t-elle cette maman ?

– Maman ? Mais elle est partout autour de nous ! Nous sommes faits d'elle et c'est grâce à elle que nous vivons. Sans elle, nous ne serions pas là !

– C'est absurde tout ça ! Je n'ai jamais vu aucune maman, donc une maman, ça n'existe pas !

Marius s'approche davantage d'Octavie et lui dit au creux de l'oreille :

– Je ne suis pas d'accord. Ça, c'est ton point de vue. Car, parfois, lorsque tout devient calme, on peut l'entendre chanter. On peut sentir quand elle caresse notre monde. Je suis certain que notre vraie vie va commencer après l'accouchement... »

☆

Marie-Axelle et moi avons grandi tous deux dans la foi, transmise comme un trésor précieux par nos familles. Comme Obélix, nous sommes tous deux tombés dans la marmite à la naissance et avons tenté de faire fructifier ce trésor, sans toujours y parvenir autant que nous le souhaitions.

Jusqu'à l'arrivée de Gaspard et de l'épreuve de sa maladie dans nos vies...

Progressivement, Gaspard a provoqué chez nous un bouleversement intérieur profond. Définitif. Bien sûr, nous comprenons que certains voient dans cette terrible épreuve des arguments pour nier la présence de Dieu. Si Dieu existe, comment permet-il cela ? Comment permet-il que des enfants innocents souffrent autant ? Pourquoi ? Pour quoi ?

Nous n'avons trouvé aucune explication à cela, alors nous avons tout simplement décidé de cesser de nous demander pourquoi cette terrible épreuve nous était tombée dessus. Nous nous sommes tournés vers le bon Dieu et nous lui avons demandé de nous aider, de nous aider concrètement.

Lorsque Gaspard passait des nuits difficiles à cause des toux et des vomissements provoqués par l'encombrement de ses voies respiratoires, il m'arrivait souvent de dire au Patron : « Là, je vous en supplie, il faut lui donner la force physique et le courage, sinon il ne va pas tenir toute la nuit. Et moi, je ne suis pas encore capable de le voir partir. Et tant que vous y êtes, donnez aussi à Marie-Axelle encore plus de tendresse pour qu'elle l'entoure avec tout l'amour dont il a besoin. » Je dois dire que j'ai souvent été exaucé bien au-delà de mes espérances. Et je ne peux pas croire que la force surhumaine dont ont fait preuve Gaspard et Marie-Axelle soit uniquement la conséquence de leur volonté respective.

Une petite anecdote (que Max n'aime pas trop que je raconte) illustre bien ce « supplément d'âme ». Depuis toujours, Marie-Axelle est une grosse dormeuse. Impossible pour elle de rester éveillée au-delà de vingt-deux heures trente. Il arrive fréquemment qu'elle dorme près de neuf heures par nuit. Parfois, cela m'agace même un peu, moi qui suis plutôt un couche-tard et qui aimerait passer plus de temps avec elle en rentrant du boulot.

Pourtant, dès que Gaspard a commencé à avoir des nuits difficiles, Marie-Axelle n'a plus fait une seule nuit entière. Plus une seule. Elle se levait parfois plus de dix fois dans la nuit pour changer la posture de Gaspard, qui était devenu incapable de se tourner par lui-même, changer son lange, ses draps, lui donner ses médicaments ou lui nettoyer la bouche. Et ce, jusqu'au dernier jour. D'une manière absolument inexplicable, elle n'a jamais fatigué. Pas de sautes d'humeur, pas de plaintes. Jamais. Elle était dotée d'une force quasi surnaturelle. Cette force, elle la réclamait chaque jour dans la prière et elle demandait aussi à tous ses amis et sa famille de prier pour qu'elle en soit comblée. Avec l'épreuve, vient la force.

On me rétorquera que l'on peut très bien posséder ce courage sans avoir la foi. C'est une évidence que je concède volontiers. Mais je reste persuadé que ce supplément d'âme vient d'En-Haut. Le Bon Dieu comble même ceux qui ne le connaissent pas.

Paul Claudel a dit un jour : « Dieu n'est pas venu supprimer la souffrance, il n'est même pas venu l'expliquer, mais il est venu l'habiter de sa présence. » Ce sentiment, nous l'avons expérimenté concrètement. Nous nous sommes sentis aimés, choyés, privilégiés. La force que nous avons eue pour accompagner Gaspard ne peut venir de nous seuls. Cette force qui nous habite nous dépasse, elle nous surprend même.

De nombreuses personnes se sont également étonnées que Marie-Axelle fasse si rarement preuve de colère ou de tristesse. Je n'irai pas jusqu'à dire que ce fut toujours le cas, mais il est indéniable que la perspective de retrouvailles éternelles constitue une part de l'explication et une source de consolation certaine. Un jour, quand tout sera terminé, quand ce sera à notre tour de rendre notre âme, après avoir fait de notre mieux pour mettre l'amour au cœur de nos vies terres-

tres, nous nous retrouverons pour toujours. Cette espérance change tout...

☆

J'ai mieux compris encore tout cela le 16 janvier 2017, quinze jours avant le décès de notre petit héros. Cela fait une semaine environ que nous sentons que la vie de notre petit chevalier touche à sa fin. Sa température corporelle est en dessous de trente-deux degrés depuis six jours. Nous nous demandons même comment il est possible, malgré son état de faiblesse extrême, qu'il soit encore vivant. Les médecins eux-mêmes sont étonnés par la résistance de ce petit bonhomme d'à peine dix kilos, qui fait preuve d'une bravoure hors-norme. Marie-Axelle et moi sommes prêts à voir Gaspard partir, nous le lui avons dit tous les deux peu de temps auparavant, en lui expliquant que nous lui avions donné tout ce que nous pouvions et que, surtout, sa mission sur terre était terminée : il avait changé pour toujours notre couple, notre famille, et le cœur de très nombreuses personnes. Lui, le tout-petit, le plus faible, le plus inutile aux yeux du monde, avait eu une fécondité immense et durable. En un sens, sa vie était complète.

Mais Gaspard ne part pas. Les jours s'égrènent, et il ne part pas.

Quelques jours auparavant, un de nos amis, prêtre, nous propose de venir apporter la communion à Gaspard. Cela m'apparaît à la fois inutile et irréalisable « techniquement », puisque Gaspard ne peut plus déglutir normalement et ne peut donc pas avaler l'hostie. Je me dis aussi que de toute façon, quoi qu'il arrive, Gaspard ira au Ciel, que sa vie souffrante lui en ouvre en grand les portes, qu'il n'a pas besoin de « ça ».

Mais ce soir-là, je doute. Peut-être n'est-ce pas une si mauvaise idée ? Peut-être Gaspard a-t-il besoin de ce viatique pour partir sereinement, comme le suggère Max depuis déjà quelques jours ? J'hésite puis, finalement, j'accepte l'idée en me disant que je ne suis pas le mieux placé pour juger de l'utilité de cette première communion. Et puis Marie-Axelle y tient, je ne veux pas l'en priver.

Pour les catholiques, l'hostie consacrée par le prêtre lors de la messe devient le corps de Jésus. La recevoir – communier – est un acte de foi important, un acte d'amour et de confiance. Nous savons parfaitement que cela peut paraître étrange pour les non-croyants.

Mais pour Marie-Axelle et moi, c'est un élément central de notre foi, une nourriture indispensable. Si un bébé a besoin de lait pour grandir, un catholique a besoin de communier pour faire grandir sa foi !

Nous demandons donc à Emmanuel, jeune prêtre au charisme incroyable, de venir aussi vite que possible. Il arrive à peine deux heures plus tard, vers vingt heures. Les enfants, qui l'apprécient tout particulièrement, sont en pyjama, ils l'attendent pour l'embrasser avant d'aller se coucher.

Mais avant cela, nous nous dirigeons tous vers la chambre de Gaspard pour passer quelques instants avec lui, à genoux ou assis autour de son lit, comme nous le faisons chaque soir. Puis, Emmanuel propose de donner la communion à Gaspard et de faire profiter les enfants de cet instant un peu extra-*ordinaire. Nous acceptons. Il sort de sa poche une petite boîte cylindrique – une custode – dans laquelle se trouve une hostie. Il en détache un petit morceau, de la taille d'une miette de pain, et remet le reste de l'hostie dans la custode.*

Gaspard est allongé sur le dos pour bien respirer, un petit bout de langue sortie. Avec une infinie précaution, Emmanuel plie alors sa grande carcasse pour déposer ce fragment d'hostie sur la langue de Gaspard. Rien ne se passe. Nous restons tous les six autour de lui, en silence, recueillis et impressionnés. Gaspard est incapable de déglutir, il lui est impossible d'avaler cette parcelle, si minuscule soit-elle. Mais, tout doucement, l'hostie se dissout, fond sur la langue de Gaspard avant de disparaître lentement dans sa bouche, de façon à peine perceptible. Délicatement, paisiblement, Jésus-hostie vient rejoindre Gaspard au plus profond de son corps et de son cœur. Il nous semble alors que Jésus et Gaspard sont totalement unis dans la souffrance, comme si Jésus prenait la place de Gaspard sur ce petit lit, comme si Gaspard devenait un autre Jésus. La phrase de Paul Claudel me revient alors en mémoire : Jésus vient remplir la souffrance de Gaspard par sa présence...

Ce moment d'éternité est bouleversant pour chacun d'entre nous. Emmanuel, Marie-Axelle et moi n'en menons pas large. Gaspard, une fois de plus, nous élève et nous porte dans une autre dimension de l'amour.

Cette première communion de Gaspard restera éternellement gravée dans nos mémoires et dans nos cœurs. Elle illustre à merveille la force des sacrements, que nous avons expérimentée identiquement lors de sa confirmation et du sacrement des malades qu'il a également reçus. Chaque fois, nous avons littéralement été comblés de grâces.

Tu n'es plus là où tu étais,
mais tu es partout où je suis.
VICTOR HUGO

Le jour du diagnostic, un médecin avait prévenu Marie-Axelle : 50 % des couples qui perdent un enfant se séparent. Elle s'était intérieurement fait la remarque : « Cela signifie que l'autre moitié ne se sépare pas. » Nous allions tâcher d'être parmi celle-là. Le combat continue aujourd'hui ! Rien n'est jamais gagné, nous en sommes bien conscients.

Nous avons témoigné précédemment de notre altérité et de notre complémentarité. Nous avons voulu donner de la voix à ce qu'une femme et un homme peuvent ressentir et vivre une fois confrontés à la maladie mortelle de leur enfant.

Maintenant que tout est terminé, que l'émotion provoquée par la perte de Gaspard s'atténue doucement et qu'elle laisse place à davantage de recul et de paix intérieure, nous nous efforçons de méditer sur ce que nous avons vécu, depuis l'arrivée de Gaspard dans notre famille jusqu'à sa montée au Ciel.

Ainsi, nous souhaitons conclure ce livre à deux par un dernier chapitre où nos plumes se mêlent.

Curieusement, la première chose qu'il nous semble devoir dire est très simple : nous n'avons trouvé aucun sens à cette terrible épreuve. Nous avons eu beau chercher et chercher encore, nous n'en avons trouvé absolument aucun.

D'abord, parce que nous n'avons pas été à la place de Gaspard. Nous n'avons pas souffert physiquement de la maladie. Lui seul a éprouvé la douleur dans sa chair.

Mais également parce que, tout simplement, cette épreuve n'a véritablement aucun sens. Elle n'est que pur scandale. La maladie de Sandhoff a incarné ce scandale. Ce qu'endurent les personnes atteintes de ce mal est un calvaire proprement inhumain.

De tout notre cœur, de toutes nos forces, nous espérons que cette terrible maladie pourra être guérie un jour. Nous donnerions tout pour cela. En attendant, nous apportons notre humble contribution par notre engagement au sein de l'association Vaincre les maladies lysosomales, qui regroupe familles, bénévoles et chercheurs pour accompagner les malades et promouvoir la recherche de traitements médicaux pour chacune des cinquante maladies dites « lysosomales ».

Nous aurions tant voulu souffrir à la place de Gaspard, pour lui, et ne jamais devoir vivre sans lui. Si seulement cela avait été possible... Il va sans dire que notre douleur a été immense, et que la mort de notre fils est une plaie qui ne cicatrisera jamais. Cette épreuve laissera chez chacun d'entre nous une marque indélébile. Pour nous, comme pour nos enfants. D'ailleurs, pour que cette plaie ne devienne pas béante et qu'elle ne s'infecte pas, nous avons décidé très tôt de les faire suivre tous les trois par des psychologues. Cela nous a paru capital. Chacun d'entre eux est unique, chacun appréhende différemment le départ de Gaspard, et nous avons estimé ne pas être forcément compétents ni légitimes, en tant que parents, pour les accompagner sur tous les plans de leur équilibre intérieur.

Ces « contrôles techniques psychologiques » fréquents ont ainsi permis à notre Arthur de verbaliser ses propres souffrances, de mettre des mots sur ses maux et de s'en libérer. Aujourd'hui, si les enfants sont bien dans leurs baskets (ou dans leurs chaussons de danse), nous savons que cela ne présage en rien de leur avenir, nous restons donc vigilants.

Pour ce qui nous concerne nous, parents de Gaspard, la souffrance prend des formes diverses, selon les jours et selon les humeurs.

Pour moi, Benoit, c'est parfois très dur, et alors mon humeur s'en ressent. Difficile d'être conscient de mon état sans pouvoir en sortir, et de vouloir en sortir sans y parvenir. Comme si la lumière était à portée de mains, mais qu'elle reculait dès que je m'en rapproche... Mais cela ne dure qu'un temps, et la fréquence et l'intensité de ces phases diminuent au fil des mois.

Pour Marie-Axelle, la difficulté est de vivre certaines dates particulières. Chaque semaine, le mercredi lui rappelle le jour de la mort de Gaspard. À dix-huit heures, elle n'en mène pas large... Le premier anniversaire de Gasp' passé sans lui a été un véritable cauchemar, et ses larmes ont coulé toute la journée.

Le corps a également sa propre mémoire. Il n'est pas rare que j'ai, dans les jours difficiles, des douleurs aux épaules ou dans le bas-ventre. Progressivement, le temps fait son œuvre et la vivacité de la douleur s'apaise, mais la cicatrice reste présente à jamais.

Le souvenir des bons moments récents contribue toutefois à nous réconforter. Cela nous a fait du bien de partir quelques jours tous les « 5 + 1 » près de l'océan après l'enterrement de Gaspard. Nous nous sommes échappés à l'île d'Yeu, dans une maison prêtée par de chers amis. L'air marin nous a consolés. Sur la plage, au bord de la mer, l'horizon nous offrait le trait d'union entre la terre et le ciel, exactement là où notre enfant se trouve sans doute.

La vie continue...

Aujourd'hui, nous sommes souvent heureux et tristes à la fois. Libérés d'un quotidien devenu extrêmement lourd pendant trois années, heureux de savoir Gaspard délivré de ses souffrances. Mais nous sommes constamment en manque de lui. En manque de l'un des nôtres, la chair de notre chair. Qu'il est dur de ne plus pouvoir plonger notre nez dans sa chevelure de petit lion et d'y inspirer sa douce odeur...

À présent, nous pouvons affirmer que Gaspard nous a offert l'un des cadeaux les plus précieux que nous puissions recevoir : celui de mieux nous connaître nous-mêmes. Il nous a ainsi permis d'accéder à notre propre liberté : nous savons qui nous sommes vraiment, ce que nous valons et ce que vaut notre cœur. L'épreuve nous a confrontés à nos limites, a mis en lumière nos forces, mais aussi nos faiblesses. Alors, nous savons à présent quels sont nos axes de progrès.

Mais Gaspard n'est plus sous nos yeux, nous avons perdu notre point d'ancrage. Lui vivant, nous savions vers qui nous tourner pour prendre soin du plus fragile. Qu'il était doux de venir se blottir contre lui comme un enfant et de se laisser aimer par lui... À présent qu'il est parti, il nous faut trouver d'autres repères *d'essence-ciel,* en gardant en tête qu'il reste la lumière de notre phare, qu'il nous guide dans les bons comme les mauvais jours, dans les tempêtes comme par mer calme. Alors nous tenons la barre et le navire familial vogue désormais avec un cap clair...

☆

Depuis le décès de Gaspard, beaucoup de gens nous demandent comment nous expliquons notre capacité de « résilience ». Ne sachant pas très bien quoi répondre, nous disions souvent les premiers mois : « À notre place, vous auriez fait la même chose. Vous savez, nous n'avons pas vraiment eu le choix... »

Mais aujourd'hui, après mûre réflexion, nous préférons leur dire qu'en réalité, nous n'avons pas du tout été résilients. En tout cas, pas dans le sens que le terme revêt dans le champ de la physique : « Capacité des matériaux à résister au choc, à retrouver leur forme initiale après avoir été comprimés ou déformés. » Car nous n'avons jamais retrouvé notre « forme initiale ». Nous nous sommes reconstruits différemment. La forme de notre vie d'aujourd'hui n'est plus du tout celle de notre vie d'avant Gaspard.

Nous avons, par exemple, clairement réordonné nos priorités de vie dans l'ordre qu'elles auraient toujours dû avoir. D'abord, l'essentiel : notre couple, notre foyer, nos familles, nos amis. Sous le regard du Patron.

L'ambition professionnelle, la réussite scolaire, les vacances, l'achat éventuel d'une maison... tout cela passe après. Bien après. Pour nous, et pour Benoit en particulier, ce n'est absolument pas une évidence, cela nous demande des efforts, du lâcher-prise. Il n'est pas question non plus de se réfugier derrière cette hiérarchie des priorités pour laisser court à la médiocrité, au travail par exemple. Bien au contraire. Il s'agit plutôt de savoir dire « stop » lorsque l'ambition, l'égoïsme ou les mauvaises raisons prennent le dessus. De savoir dire non à un poste alléchant mais chronophage, si l'on juge que l'équilibre familial pourrait en pâtir. Faire ce que l'on doit, de son mieux, avec amour, pour le bien de ceux qu'on aime...

Cela n'a pas été facile pour nous, mais nous en avons tiré beaucoup de joies, et du temps pour nous consacrer ensemble à de nouveaux projets associatifs, caritatifs, conjugaux, familiaux... Et cela nous rend plus heureux. Profondément plus heureux. Nous goûtons à la joie de nous donner, sans espérer toujours recevoir. De davantage servir, et de moins *se* servir.

Nous aimons beaucoup dire que Gaspard a été notre chemin d'essentiel, reprenant la formule d'un ami qui nous avait dit, quelques jours à peine après l'annonce du diagnostic : « Gaspard va changer votre vie, il sera votre chemin d'essentiel. » C'est si vrai.

Pour autant, il serait faux de dire que Gaspard nous a rendus plus forts. Au contraire, il nous a même rendus plus faibles. Il nous a fait prendre conscience de la finitude de notre vie, du miracle que constitue la présence de nos trois autres enfants, de notre chance inouïe de nous aimer. C'est précisément de nos faiblesses qu'il a fait notre force.

Si sa grandeur résidait dans sa petitesse, nous apprenons qu'il en va de même pour nous : notre force se cache dans notre faiblesse, dans son acceptation consciente. Pour se laisser aimer, accueillir sa faiblesse est fondamentale. Nous en avons fait l'expérience à de nombreuses reprises, en acceptant par exemple de demander de l'aide à nos familles ou à nos amis. Nous nous sommes ainsi beaucoup appuyés sur notre entourage, et plus particulièrement sur nos deux mamans. Leur soutien indéfectible a été infiniment précieux. Dans les derniers mois de la vie de Gaspard, quand nous nous absentions de la maison pour souffler tous les deux, nous n'osions confier Gaspard qu'à elles seules. Cela nous comblait autant qu'elles, malgré le stress que nous ressentions tous.

Nous pouvions redevenir un couple amoureux en goguette, et elles pouvaient se consacrer pleinement à leur job de grands-mères !

☆

Notre faiblesse et notre fragilité, nous continuons aussi à les apprivoiser lorsque nous nous rendons sur la tombe de Gaspard, qui est enterré à quatre cents mètres de chez nous, dans le petit cimetière du centre-ville de notre commune.

Nous nous y rendons souvent le week-end, le vendredi après l'école ou le dimanche en fin de matinée. Le monument que nous avons choisi est blanc, simple et sobre, surplombé d'une grande croix qui s'élève vers le ciel. Sur la dalle, nous avons fait graver une phrase de sainte Thérèse, elle aussi partie trop jeune, à vingt-quatre ans, de la tuberculose : « Je passerai mon ciel à faire du bien sur la terre. »

Les moments passés au cimetière sont souvent douloureux, parfois plus doux, mais ils nous mettent toujours face à nous-mêmes, dans le silence et le recueillement. De manière un peu surprenante, les enfants y sont très à l'aise : Louise escalade la tombe, Arthur dévale les allées en trottinette et Sibylle, elle, s'occupe souvent des fleurs avec sa maman. C'est pour eux un simple lieu de vie, un lieu de communion familiale.

Pour nous, c'est un endroit à nul autre pareil. Et le temps que nous y passons a également une intensité toute particulière.

Devant toutes ces tombes, devant celle de notre fils, nous nous sentons à la fois touts petits et infiniment vivants. Joie et tristesse se mêlent alors, et nous passons souvent du rire aux larmes en un claquement de doigts ou en un regard.

C'est la vie.

☆

Aujourd'hui, nous n'avons pas peur de l'affirmer devant tous : personne ne pouvait nous donner de plus grand cadeau, de plus grande preuve d'amour que de nous confier notre petit Gaspard.

Personne.

Il est notre plus grande fierté.

Notre couple, notre famille, notre spiritualité, notre vision de la vie, notre rapport aux autres : Gaspard a tout changé. Radicalement. En bien, évidemment.

Il a profondément et irrémédiablement bouleversé nos vies. Les nôtres, à nous ses parents, mais aussi celles de son grand frère et de ses deux sœurs. Il nous a tout simplement fait découvrir ce qu'est le bonheur, le bonheur vrai.

Car oui, nous sommes heureux.

Tout le monde ne peut pas le comprendre, mais personne ne peut nous le retirer. Cela a été un long chemin, entamé il y a maintenant plus de trois ans, le jour où le diagnostic de Gaspard nous a été annoncé. Ce 29 septembre a tout fait basculer. Pour notre famille, il y a un « avant » et un « après ».

À ceux qui s'étonnent que nous puissions témoigner de notre histoire depuis près d'un an, nous répétons inlassablement qu'il nous aura fallu presque deux années avant d'en être capables. Notre situation ne peut pas (et ne doit pas) être comparée à celle d'une famille qui aurait perdu un enfant brutalement, dans un accident par exemple. Nous, nous avons eu le temps de nous préparer au départ de Gaspard, de faire notre deuil progressivement. Nous avons simplement vécu la vie d'un de nos enfants « en accéléré ». En quarante et un mois, Gaspard a vécu une vie entière. Courte, mais entière. Sa vie ne s'est pas arrêtée brusquement, par hasard.

Depuis ses treize mois, chaque jour de sa vie le rapprochait effectivement de sa mort. Inexorablement. Mais finalement, en y réfléchissant, quelle différence avec nos propres vies ? La vie ici-bas, sur cette terre, est pour chacun d'entre nous un nombre inconnu de jours à vivre...

Vivre quarante et un mois, dix ans, cinquante ans ou cent ans, est-ce réellement là l'essentiel ? Le plus important n'est-il pas plutôt de vivre pleinement l'instant présent, l'instant dans lequel l'amour est blotti ?

Finalement, aussi incroyable que cela puisse paraître, la maladie de Gaspard aura été une formidable opportunité pour nous de grandir dans l'amour et dans l'unité. Il nous a appris à aimer mieux, et à nous donner plus. Avec lui, c'était somme toute assez simple. Il ne demandait qu'une seule chose : être chéri, choyé, cajolé, dorloté, caressé, bercé, câliné, embrassé, enlacé. Bref, aimé ! Et cette capacité à aimer, nous la possédons tous. Chacun d'entre nous.

Parfois, aimer, c'est simplement être là, sans chercher une solution qui n'existe pas toujours, hélas. Aimer, c'est aussi recevoir la souffrance de l'autre humblement, en se faisant « réceptacle ». Gaspard, comme toutes les personnes fragiles, a restauré notre capacité d'aimer. Il nous a appris la persévérance en nous disant : « Cela m'est égal que vous soyez fatigués, j'ai besoin de vous ! » Avec lui, pas de pause possible dans l'amour. Il nous forçait la main et nous poussait à nous donner entièrement, en permanence. Avec une infinie douceur, il a façonné nos cœurs pour toujours.

Aujourd'hui, nous continuons à lui parler dans l'intimité de nos cœurs, à lui demander son soutien pour poursuivre son œuvre, pour que nous ne redevenions pas ceux que nous étions avant qu'il change nos vies. Nous lui confions nos projets. Il est aux manettes ; nous nous contentons d'être les tuyaux par lesquels passe son incroyable fécondité. Nous sommes juste ses messagers.

Pour moi, Marie-Axelle, je compare ma relation avec lui à une forme de grossesse. *In utero,* le bébé est bien présent et pourtant invisible. Un peu de la même façon, je ressens la présence de Gaspard à l'intérieur de moi-même. Les coups de pied en moins... Gaspard porte mon cœur, me soutient et me permet de continuer à vivre.

Pour Benoit, c'est plus compliqué : le manque physique reste très douloureux. Mais l'exemple de

Gaspard le guide, il est son phare, le bâton sur lequel il s'appuie pour continuer à vivre sa vie de mari, de père, de frère et d'ami.

☆

Voilà, nous poursuivons donc notre chemin. Comme le dit notre fils Arthur : « Bien sûr que parfois je suis triste, mais ça va, parce que la vie, elle continue. Toujours. »

Les prochaines années seront sans doute un long chemin sinueux, avec des demi-tours et des marches arrières. Certainement même. Mais au bout du chemin, tout au bout du chemin, il y aura Gaspard, resplendissant de lumière, souriant, joyeux et radieux.

Il nous attend.

☆

D'ici là, Gaspard, avant de te retrouver pour toujours, nous voudrions tous les cinq te dire à nouveau à quel point ta vie a été pour nous un don merveilleux. Tu le sais, nous avons fait tout notre possible pour te rendre heureux. Sibylle a raison, quand elle atteste que tu l'as été. Nous en sommes tous convaincus.

Normalement, dans la vie, les parents ne voient pas leur enfant mourir. Ce n'est pas dans l'ordre des choses, et la raison en est simple : c'est infiniment trop dur à supporter.

L'épreuve de ta maladie aurait d'ailleurs pu détruire notre famille, comme elle a détruit progressivement ton petit corps si fragile. Tout aurait pu exploser : notre couple, la santé psychique de ton frère et de tes sœurs, notre espérance. Nous aurions pu sombrer totalement et définitivement dans le désespoir.

De fait, à certains moments, nous ne sommes pas passés loin de voir nos cœurs voler en éclat. Te voir souffrir a été la pire des horreurs.

Mais chaque fois que nous te regardions, allongé sur ton lit, paisible ou douloureux, tu nous as transmis une force qui nous dépassait, une force incommensurable, quasi surnaturelle. En nous plongeant dans tes grands yeux bleus, nous avons trouvé la force de t'accompagner, et ce jusqu'à ton dernier souffle.

Tu le sais bien, toi, nous ne sommes pas des héros, nous ne sommes pas des parents extraordinaires. Nous avons simplement fait ce que nous avons pu, le mieux possible. C'est ton incroyable charisme qui nous a portés, transcendés même.

C'est toi qui l'as été, le héros extraordinaire. Tu as été le plus grand. Un géant.

Ton courage, ta gentillesse et ta douceur nous ont tellement impressionnés.

En fait Gaspard, aussi fou et paradoxal que cela puisse paraître, nous nous sentions tout petits à côté de toi.

Nous sommes si fiers de toi, si fiers d'être tes parents. Nous ne te méritions pas.

Heureusement, chaque jour qui passe nous rapproche de nos retrouvailles, et c'est une vraie consolation. Mais, promis, nous ne les hâterons pas. Nous nous y préparerons, mais nous ne nous hâterons pas. Nous ferons de notre mieux pour mettre nos vies au service de l'amour, modestement. Nous nous efforcerons de donner plus et d'aimer mieux, comme tu nous l'as appris. Nous tâcherons de nous montrer dignes du héros que tu as été, nous essaierons d'avoir une vie à la hauteur de la tienne, tournée vers l'essentiel.

En attendant, Gaspard, s'il te plaît, sois notre lumière.

Tu nous manques. On t'aime à en crever.

Papa et Maman.

Remerciements

Nous remercions chaleureusement :

Nos grands-parents,

Nos parents, nos frères et sœurs, nos beaux-frères et belles-sœurs, nos familles,

Les marraines et parrains de notre fils : Anne-Sophie et Anne-Flore, Nicolas et Cyrille,

Les premiers amis de Gaspard : Maguelonne Ginesty, Melchior Challan-Belval et Raphaël Prunier,

Nos amis et nos témoins de mariage,

Nos Padre,

Nos relecteurs Mariette Métayer, Jérémy Songy et Cyrille Tiberghien,

L'association Vaincre les maladies lysosomales, l'ETSCC : leurs patients et leurs familles,

L'hôpital Raymond-Poincaré de Garches, le SESAD « Les Cerisiers » de Nanterre, la Fondation Paul Parquet de Neuilly-sur-Seine, l'HAD du centre hospitalier Louis-Mourier de Colombes, PALIPED, les hôpitaux Armand-Trousseau et Robert-Debré, l'unité mobile des soins palliatifs de l'hôpital Necker, et leurs soignants,

Les kinésithérapeutes en libéral de Rueil, Saint-Gervais et Aix-en-Provence,

Les pédiatres et médecins généralistes de Rueil-Malmaison,

Les ambulanciers de Rueil 92,

Patricia de l'Aide aux Mères du 92,

La grande équipe de la communauté *Tombée du Nid* et *Petit à Petit*,

Les instituteurs, les chefs scouts et les amis de nos enfants,

La salle Saint-Joseph de l'Ordre de Malte,

Steven, Sabrina Gunnell et leurs enfants,

L'équipe de « Fais-moi vivre » et les parents de Gaspar,

La Promotion générale de Galbert,

Ceux qui ont œuvré pour les journées du 4 et 6 février 2017 : le service catholique des funérailles, la cathédrale Saint-Louis et l'église Saint-Symphorien de Versailles, le gérant du cimetière de Rueil et son équipe.

Les Éditions du Cerf, et particulièrement notre éditrice Inès,

L'incroyable #teamGaspard,

Vous, nos lecteurs.

Imprimé en France

Composition : Le vent se lève...

Achevé d'imprimer par Corlet, Imprimeur, S.A. - 14110 Condé-sur-Noireau
N° d'Imprimeur : 194756 - Dépôt légal : janvier 2018 - *Imprimé en France*